Den lille pige, det er mig

Af Robert Jespersen

Forfatter:
Robert Jespersen

Forsidefoto:
Merci sammen med sin far, Ib Sund Nielsen.

Forlag:
Books on Demand GmbH, København, Danmark

Fremstilling:
Books on Demand GmbH, Norderstedt, Tyskland

ISBN 978-87-7145-501-4

På en lille missionsstation i det sydvestlige Kina i området, der i dag kaldes Yunnanfu, blev der den 9. marts 1935 født en lille pige, der fik navnet Merci. Hendes far, den 22 årige Ib Sund Nielsen, var lærer for missionær Fullertons børn. Hendes mor, den 29 årige Ketty Nielsen, var missionær og virkede ud fra samme missionsstation. Både Ketty og Ib var rejst ud til Kina sammen med Fullerton og hans hustru, Marta, der var dansker. Da Ketty og Ib blev gift, var de enige om, at ægteskabet ikke måtte hindre deres arbejde. Ib måtte blive hjemme på missionsstationen og passe sin undervisning, mens Ketty sammen med sin kollega, Kirstine Olsen, tog ud til landsbyerne rundt omkring for at bringe evangeliet om, at Jesus frelser dem, og derefter at lede så mange som muligt til frelse. Så snart det var muligt for hende efter fødselen, tog hun med ud for at holde møder i landsbyerne. Hun var heller ikke bange for at hjælpe nogen med husligt arbejde, hvis der var behov for det. Da Merci var 3 måneder, gik Ketty ud til en landsby for at hjælpe en kvinde, der var syg af dysenteri. Ketty blev smittet og blev meget syg, og da hun have et svagt hjerte, døde hun pludseligt. Der stod Ib så alene med en lille pige på 3 måneder. Da han skulle passe sit arbejde med undervisningen, blev Merci for en stor del passet af Marta Fullerton og skiftende kinesiske barnepiger, til hun var ca. 1½ år, og hendes far kunne rejse hjem til Danmark med hende. Ca. 75 år senere besøgte Merci, som er min hustru, og jeg "Lokalhistorisk Arkiv" i Korsør for at undersøge, om de havde noget litteratur om Ketty Nielsen, der havde boet i Korsør, da hun var ung. Damen, der havde opsyn med arkivet, og som havde læst, hvad Ketty Nielsen havde skrevet i de blade, hun havde i arkivet, og beretningen om hendes tidlige død, sagde da: "Hvad mon der blev af den lille pige, hun efterlod sig, da hun døde". Min hustru kunne da sige: "Den lille pige, det er mig." Andre, der har læst bogen: " En beretning om kinamissionær Ketty Nielsen", har måske samme spørgsmål, så derfor vil jeg skrive lidt om Merci.

En rejse fra Kina til Danmark var i 1936 ikke nogen let sag. Ib Sund Nielsen fortæller i sit udkast til en bog, der aldrig blev udgivet, om rejsen til Danmark. De forlod missionsstationen i september 1936 lige efter regntiden. Han red på en hest, mens tre bærere bar de ting, han og Merci skulle bruge på rejsen, ud til kysten og videre med skib hjem til Danmark. To bambusstænger var bundet sammen, og i fordybningen mellem dem var der plads til rejsegodset og det sengetøj, de skulle bruge på turen, og samtidigt tjente det som bærestol for Merci. For at skærme for solen var der lavet et soltag af bambus og bananblade. Den tredje af bærerne tjente som kok. Ind

*Fru Fullerton med
Merci i bæresele.*

Merci blev for en stor del passet af
skiftende kinesiske barnepiger.

imellem, når Merci kedede sig eller var utilfreds med gyngeturen, tog kokken hende på skuldrene og bar hende, og der kunne hun også bedst lide at sidde, når det gik stejlt op ad bakke. Efter seks dage nåede de til byen Mokiang, hvor Erna og Robert Conrad virkede som missionærer. Robert Conrad ville følge dem en dagsrejse på vej; men da Ib fik malaria, rejste han med noget længere for at være sikker på, at de kom godt frem. På et tidspunkt kom de til et nonnekloster, der tog nonnerne sig af både Ib og Merci, indtil malariaanfaldet var overstået. En nat overnattede de hos en ret velhavende kineser. Han udtalte sig beundrende over, at Ib havde magtet at holde sin søn i live, selv om moderen var død. Da Ib gjorde ham opmærksom på, at det var en pige, han havde, udbrød kineseren: "Jamen, hvorfor lod du hende dog ikke dø sammen med sin moder? Det havde da været meget lettere for dig".

Så nåede de til Kunming, der var hovedstad i provinsen Yunnanfu. Derfra rejste de med tog og nåede i løbet af tre dage til Haiphong i Vietnam, hvor de blev indlogeret på et fransk hotel. De var kommet til Haiphong to dage, før skibet efter planen skulle afgå. Da Ib næste dag henvendte sig til skibskontoret for at ordne de sidste formaliteter, fik han en ubehagelig overraskelse. Skibet havde forandret afsejlingsdato. Det havde rederiet godt nok skrevet til ham, men brevet var først nået frem efter, at han var rejst fra missionsstationen.

Merci i Haiphong

Det endte med, at det blev ordnet sådan, at han skulle sejle fra Saigon 15 dage senere. Fra Haiphong til Saigon skulle han sejle med et mindre skib. Det gav ham en ventetid på 12 dage. Der stod han. Han havde kun de penge, der var nødvendige for den planlagte rejse. Han måtte finde et billigt vietnamesisk hotel, og han måtte nøjes med ét, måltid mad om dagen. Der var et sted, hvor han kunne få en skål ris meget billigt. Det var straks sværere med Merci. Hun skulle have mad flere gange om dagen. Der var heldigvis en butik, hvor de solgte europæisk dåsemad. Der købte han babymad til hende, og han fik lov at tilberede det til hende i hotellets køkken. Men der kom endnu flere prøvelser. Han begyndte at få malariaanfald igen. Når det var værst, kunne han ikke foretage sig noget. Han anbragte Merci i en sofa, og trak stole og et bord hen for sofaen, så det dannede en kravlegård, og der sad hun så og måtte passe sig selv, mens hendes far lå hjælpeløs i sin seng. Da der var gået 3 dage, bankede det på døren, og den indfødte piccolo kom ind og sagde, at der var en engelsk dame, der ville tale med ham. Ib forklarede, at det kunne han ikke. Det var han for syg til. Et øjeblik efter bankede det igen på døren, og den engelske dame kom ind. Hun overså hurtigt situationen og spurgte, hvordan han kunne finde på at bo sådan et sted med sin lille datter. Ib måtte så forklare, hvordan han var "sejlet agterud". Det viste sig, at damen ikke var englænder, men dansker. "Nielsen", sagde hun: "De kan ikke bo her otte dage endnu, det vil slå både dem selv og deres datter ihjel. Jeg har et forslag. De flytter hjem til min mand og mig. Vi kan så tage hånd om Deres datter, mens De er syg". Ib, der ikke ville være til besvær, prøvede at undslå sig; men damen fortsatte: "Nu sender jeg vores chauffør herover kl. 5, så må De sørge for, at I er i tøjet, så I kan følge med ham". Da chaufføren kom, medbragte han et brev fra hendes mand, hvori der stod: "Det ville glæde min hustru og mig, om De ville bo hos os en uges tid som vor gæst. Vi møder så få danskere herude". De blev kørt ind i byen, hvor de standsede ved indgangen til den største engelske bank i Østen: "Hong Kong and Shanghai Banking Cooperation". Der på trappen stod fruen fra før og bød dem velkommen indenfor. En ung kineserkone, som de kaldte Amme, stod parat til at tage mod Merci, der med strålende øjne fløj i favnen på hende. Endelig en af hendes 'egne'. Manden, der var chef i banken, havde flere gange lagt mærke til en ung mand, der bar en lille pige på armen, og han blev nysgerrig efter at vide, hvad det var for en mand. Han spurgte en af assistenterne, om han vidste, hvem den unge mand var. Assistenten fortalte, at det var en dansker, der havde adresse i Kina. Da der kun var et hotel i byen, hvor de kunne tænke sig, at der boede europæere, spurgte de efter dem der; men de kunne kun fortælle, at de havde overnattet der én nat, og hvor de var flyttet hen, vidste de ikke. Der var dog en piccolo, der havde hørt, hvad der blev spurgt om. Han havde hjulpet Ib med bagagen, og han kunne fortælle, hvor de var.

Et par dage før afrejsen, sagde bankdirektøren, at hans hustru var forhindret i at følge dem til skibet, så han ville gøre det. Ib undslog sig. Han ville ikke have, at direktøren så, at han rejste på tredje klasse; men direktøren gættede, hvad problemet var og sagde: "Jamen, vil De slå dem selv og Deres lille datter ihjel? Havde De været alene, så måske - men De har jo også ansvar for Deres yndige Merci". Han sørgede nu for, at de kom til at rejse på 1. klasse på båden ned til Saigon, og derfra på et større skib rejste de på 2.klasse, hvor de havde en barneplejerske, der tog sig af Merci ved spisetiderne. Hun talte fransk, og Merci forstod kun kinesisk, men barneplejersken var god til at få hende til at spise. Der var en ung kineserpige om bord. Når hun kom, fløj Merci hen til hende. Hun var den eneste om bord, der fik lov til at bære hende eller traske rundt med hende. På slutningen af turen fik Ib malaria igen. Da tog barneplejersken sig af alt angående Merci. Havde de sejlet på 3.klasse, havde de været overladt til sig selv på et meget lille område.

Efter mange ugers sejlads og to dages togrejse op gennem Europa kørte toget i land fra færgen i Gedser, hvor de blev modtaget af både Ibs og Kettys forældre. De opholdt sig nu et par dage i Vordingborg, hvor Kettys forældre boede. Derefter rejste de videre til Hyldegårdsvej i Ordrup til Ibs hjem, som også blev Mercis barndomshjem.

Ibs far havde en fabrik, hvor de lavede lak og maling. Deres hjem på Hyldegårdsvej var et ret stort hus. Hans forældre var meget gæstfrie, så der var ofte mange gæster.

Mercis far havde en aftale med Fullerton om, at han skulle komme tilbage til Kina efter at have været hjemme et års tid, denne gang som missionær. For at få underhold som sådan, måtte han rejse rundt i landet og besøge de forskellige pinsemenigheder. På disse ture kom han også til Herning, hvor han traf en attenårig pige, som han ønskede at gifte sig med; men at gifte sig med en missionær, der havde en lille pige og så rejse til Kina, det havde hun ikke mod på. Da Ib var klar til at rejse, ville han have Merci med, men hans far sagde bestemt: "Nej". Han var bange for, at der skulle ske noget med hende, når Ib skulle tage sig af hende alene, så Merci blev hos sin farmor og farfar. Én ting forlangte Ib: Merci skulle opdrages i pinsevækkelsens lære. Det bevirkede, at de sørgede for at antage en ung pige, der hørte til pinsevækkelsen, som blandt andet skulle tage sig af Merci. Året efter Ibs afrejse, begyndte den anden verdenskrig og lukkede for forbindelsen til Kina og dermed forbindelsen til Mercis far.

Blandt de mange gæster, der besøgte dem, var Alma Larsen, der havde et pensionat for ældre, velhavende damer. Hun kunne lide at tage sig af Merci. Merci skulle kalde hende "Tante Alma". Det var lidt besværligt for Merci at udtale. Vi må jo huske på, at hun først nu skulle til at tale dansk. Derfor blev det til "Tana", og det blev hun ved med at hedde. Når der var travlhed i huset og lidt kedeligt for den lille pige blandt de mange voksne, så blev hun af og til sendt hen til Tana. Tana var god til at beskæftige hende. Hun kunne f.eks. give Merci en skive rugbrød, lidt smør og noget forskelligt pålæg, og så kunne Merci skære rugbrødet ud i små firkanter og smøre dem til smørebrød i mini størrelse, pakke dem ind i folie til små madpakker, som hun enten spiste selv eller legede, at dukkerne spiste dem. Merci elskede den leg, men da det fedtede ret meget, måtte hun kun være oppe på et af badeværelserne, hvor der var fliser på væggene og terrazzogulv, som let kunne vaskes af, når legen var ovre. Tana havde en lille hund. Da den fik hvalpe, ville Merci gerne have en; men det ønskede hendes bedste-forældre ikke. Alligevel fik Merci en dag en lille hvalp med hjem i en kurv. Resultatet var, at Merci fik penge til spor-vognen og blev sendt tilbage til Tana for at aflevere hvalpen. Tana sagde: "Hunden må være din, men den bor så bare hos mig!" Merci var lykkelig og havde megen glæde af sin hund, Dot, når hun besøgte Tana. Det var jo en mørk tid med mørkelægning og luftangreb og beskyttelsesrum. Bare der var "fjendtlige" flyvere, der fløj over området, var der luftalarm, og folk skulle søge i tilflugtsrum; men efterhånden som de blev vant til, at der ikke skete noget, så foretrak de voksne bare at sove videre, når sirenerne lød om natten. Men Merci lå der i mørket og var bange for, at der skulle ske noget. At der kunne være noget at være bange for, oplevede hun, da den franske skole blev bombet ved en fejltagelse.

Merci som skolepige

Den første skoledag på Ordrup skole oplevede Merci som en festdag. Tænk, alle børnene i klassen fik hver en kage. Hun troede, at sådan skulle det være hver dag, så hun blev lidt skuffet, da hun næste dag kom i skole og opdagede, at det kun var den første dag, der var kager. Nu skulle der bestilles noget. Det bedste ved skolen var dog, at der var noget, der hed ferie. Allerede fra den første dag i ferien skulle hun på ferie hos sin farbror Erik og moster Grethe, der havde en gård, Salvadgård, der lå ud til Roskilde fjord. Det var sådan, at da Mercis forældre blev gift i Kina, holdt deres forældre en lille sammenkomst for de to familier, hvor Erik og Grethe lærte hinanden at kende, og de blev ret hurtigt gift derefter. Så der på Salvadgård havde Merci en næsten jævnaldrende kusine og to lidt yngre fætre. Farbror Erik opdrog sine børn på en fast og bestemt, men kærlig måde, og han behandlede Merci på samme måde, som han behandlede sine egne børn.

En dag modtog Ibs forældre gennem Røde Kors et brev fra Kina. Ib skrev om, at den japanske hær nærmede sig stedet, og kineserne troede, at han nok var spion for japanerne. Da man så nærmere på datostemplet, opdagede man, at brevet var fire år gammelt, og så vidste man alligevel ikke noget om, hvordan det gik ham.

Mercis farfar var leder af søndagsskolen i Ordrup kirke. Der begyndte Merci at gå i søndagsskole, men når hun besøgte sin mormor og morfar, der var flyttet fra Vordingborg til København, så tog de hende med til Pinsevækkelsens møder i Kronprinsensgade. De hørte til pinsemenigheden, og da Ibs ønske var, at Merci skulle høre til Pinsevækkelsen, besøgte hun ofte sin mors forældre om søndagen og fulgtes så med dem til møde i pinsemenigheden, Elim. Der gik hun så også i søndagsskole. Af og til, når vejret var til det, tog hendes mormor og morfar hende med en tur på Langelinie. Mercis morfar var pensioneret kaptajn.

En af Mercis morbrødre var også kaptajn. Han var ansat som brovagt ved Langebro. Merci oplevede at besøge ham der, og en dag, mens hun var der, var der et skib, der skulle passere, og hun fik lov at trykke på knappen, der skulle få broen til at gå op. Da broen var på vej op, og der var ca. en meters åbning, var der en ung mand, der løb under afspærringen og sprang over åbningen. Kaptajnen fik ham op til sig i vagtstuen og spurgte ham med barsk stemme: "Hvor gammel er du?" Den unge mand svarede: "16 år." "Og du ønsker ikke at blive ældre?" spurgte kaptajnen." "Jo", svarede han". "Se så at stikke af med dig", fortsatte kaptajnen nu med venlig stemme.

Inden krigen var forbi, blev Mercis farmor syg. Merci kom i den tid til at bo hos en af deres bekendte, en lærerinde, og Merci flyttede også skole, mens hun var der. Da hun kom tilbage til Ordrup, var hendes farmor der ikke mere. Hun oplevede ikke, at Ib kom tilbage fra Kina. Men en dag i januar 1946 kom der et telegram fra Hongkong, hvor der stod: "Kommer. Ib". Den, der blev mest glad, var Merci. Hun havde ofte bedt om, at hendes far kom hjem. Hun havde også bedt om en ny mor og en lillesøster. Nu var hendes far på vej hjem. Der var gået 8 år, siden han rejste til Kina igen. Hvordan skulle hun kende ham, når han kom hjem? Men det blev nu ikke noget problem, for der var en bekendt, der var med på Københavns Hovedbanegård, da Ib ankom dertil, som gav hende et skub i ryggen og sagde: "Der er han". Merci kastede sig i sin fars arme. En journalist, der opfattede situationen, fotograferede dem, og næste dag kunne de i avisen læse: "Gensynsglæde mellem far og datter efter 8 års adskillelse".

Ib havde dog ikke ro på sig ret mange dage, inden han rejste en tur til Jylland for at besøge Edith, som nu også var 8 år ældre og klar til at blive hans hustru. Næste forår fik Merci så det andet af sine bønneemner opfyldt. Hun fik en ny mor. Det gav en større forandring i Mercis tilværelse, end hun måske havde regnet med. Edith var vokset op på en gård, hvor alle hjalp til med arbejdet. Merci var vant til, at tjenestepigen gjorde alt arbejde i huset. Nu måtte hun indordne sig under helt nye forhold.

En god ting for Merci var det, at begge forældrene blev medlemmer i "Elim", så hun kunne følges med dem til møde. Da hun var 16 år, blev hun efter eget ønske døbt på den bibelske måde ved neddykning i dåbsbassinet, som vi bruger det i Pinsevækkelsen. Allerede da hun var 16 år, begyndte hun at virke med i søndagsskolen. Merci havde ligesom sin mor et brændende ønske om at tjene Jesus.

Året efter, hun havde fået en ny mor, fik hun også sit tredje bønneemne opfyldt. Hun fik en lillesøster.

Det var måske, fordi hun skulle være babysitter, at hun en aften var ene hjemme. Hun fik tiden til at gå med at lave nye lys af gamle ved at dryppe stearin i forskellige farver i små glas og på tallerkener og derefter male fine mønstre på dem. Hun må have fået et godt resultat, for da forældrene senere på aftenen kom hjem, kunne Merci inde på sit værelse høre, at de talte sammen om, at hun havde kunstneriske anlæg, og om det ikke var en ide at få hende i lære på Den kgl. Porcelænsfabrik. Det blev ikke bare ved tanken, snart var hun i gang på fabrikken, og hun oplevede nu, at hun fik lov til at arbejde med det, der var hendes hobby.

Samtidigt med, at hun arbejdede på fabrikken, gik hun på teknisk skole, hvor hun blev undervist i tegning. Ved optagelsen til teknisk skole skulle eleverne aflevere nogle tegninger til en lærer, der skulle bedømme, om de kunne blive optaget på skolen. Tegnelæreren lod dem stille op på en række. Derefter gik han ned langs rækken og vinkede dem til højre eller venstre, idet han sagde: "Du kan tegne - du kan ikke tegne". Merci ventede spændt på, at det blev hendes tur. Glad blev hun, da han sagde: "Du kan tegne". Så kunne hun fortsætte på fabrikken.

Familien var i mellemtiden flyttet til Buddinge. Merci cyklede til arbejde og ofte om aftenen ind til møde i Elim, København, ca. 10 km. hver vej.

Merci fik endnu en lillesøster, Anna Margrethe. Mens de boede der i Buddinge, blev der oprettet en menighed for den del af menigheden, Elim, der boede der i området, og Ib kom til at virke med på møderne der. Efter nogle år fik han en kaldelse fra menigheden i Rønne. Da han sagde ja til kaldelsen, flyttede familien til Bornholm. Merci måtte skifte arbejdsplads. I begyndelsen fik hun arbejde på Søholm Keramikfabrik; men på grund af nedskæring i arbejdsstyrken blev hun sagt op, og så sørgede hendes far for, at hun skiftede over til keramikfabrikken "Michael Andersen og Søn".

Merci var glad nok for at være der, men de arbejdede på akkord, og de skulle være hurtige til deres arbejde for at tjene en ordentlig løn. Merci ønskede at lave et korrekt arbejde, og det var ikke let for hende, når det skulle gå så hurtigt. Men hendes nøjagtighed lønnede sig. Hun blev sat til at efterse og rette eventuelle fejl i det færdige arbejde, de andre havde udført.

Det var ikke nok for Merci at have et godt arbejde. Som hendes far senere sagde til hende: "Du har din mors sindelag." I Rønne kunne hun være med i søndagsskolearbejdet, og hun kunne være med til friluftsmøder på torvet; men det var ikke nok. En tid boede hun hos forstander Emil Marker, der var forstander for menigheden i Nexø. Hun kørte ud i omegnen og solgte Korsets Evangelium, et blad, som Pinsevækkelsen udgav. Merci var dog ikke sælger, så salget gik småt, og var der et hjem, hvor de undskyldte, at de ikke ville købe bladet med, at de ikke havde råd til det, så forærede Merci bladet til dem. De skulle ikke undvære evangeliet om Jesus på grund af, at de ikke havde penge. Det var altså ikke vejen frem, men hun viste, at hun gerne ville tjene Jesus. I Es. 55,8-9 står der: "Thi mine tanker er ej eders, og eders veje ej mine, lyder det fra Herren; nej, som himlen er højere end jorden, er mine veje højere end eders." Sådan var Herrens veje også højere for Merci.

1955 fik pinsemenighederne i fællesskab bygget en højskole i Mariager. Den åbnede for det første hold elever den 3. november samme år. For at holde højskole må man have elever. Da det var noget nyt indenfor vækkelsen, så måtte der agiteres en del, for at få nok

23

elever. En dag, der blev talt om det, kom Edith til at tænke på, at Merci jo var i den alder, så det var måske en ide, at lade hende få en vinter på højskolen. Det ville Merci gerne, så den 3. november ankom Merci til skolen lidet anende, at det ikke bare blev for vinteren; men for 12½ år. Et højskoleophold var almindeligvis på 5 måneder fra november til maj. Men skolen skulle også udnyttes om sommeren, så derfor havde de efterskole for 15 – 17-årige i 5 måneder om sommeren. Merci blev ansat som skolens sekretær og havde samtidig nogle undervisningstimer i blandt andet formning (porcelæns-maling og oliemaling) og maskinskrivning. Fra hendes timer med maling fortæller Merci om en ung mand, der skulle opmuntres meget for at gennemføre arbejdet. Med besvær blev han færdig med sit maleri. Da sagde Merci til ham: "Du må aldrig give dette maleri bort. Gem det, og hver gang du ser på det, vil det minde dig om, at du kan fuldføre noget." Nogle år senere mødte Merci ham på et landsstævne i Mariager. Da han hilste på Merci, sagde han: "Jeg har maleriet endnu."

Ofte sker der i tilværelsen uventede forandringer. Mercis far var jo missionær. Han kunne ikke komme tilbage til Kina igen, da Kina var lukket for missionærer. Men han fik som så mange andre missionærer, der havde virket i Kina, kald til Japan. Merci blev spurgt, om hun ville med; men hun kunne ikke se, at hun havde noget at gøre i

Japan, så hun valgte at blive på højskolen. Ediths søster og svoger, Eva og Johannes Olsen, der boede i Vildbjerg, lovede at tage sig lidt af hende, og det gjorde de på en enestående god måde. Især de perioder, hvor der ikke var elever, og skolen var lukket, havde Merci brug for et sted at være, og hun var altid velkommen hos dem, næsten som om hun var deres datter. Der var ofte nogen, der spurgte Merci, der jo var missionærbarn, om hun ikke skulle ud som missionær, men det følte hun ikke, at hun skulle.

Skolen fik en stor hjælp ved, at dansk-amerikaneren Viktor Grejsen kom til Danmark, og han fik sammen med sin amerikanske hustru lov til at bo på skolen. Han havde blandt andet til opgave at oprette en bibelskole for Assemblies of God. Bibelskolen blev oprettet i Belgien. Grejsen var en troens mand, og mange blev åndeligt opbygget, ved at lytte til ham. Han havde nogle bøger med fra Assemblies of God's hovedkontor. De blev oversat og blev grundbøger i skolens bibelunder-visning. For at få dem duplikeret, så hver elev kunne få et eksemplar, skulle de skrives på en stencil, der bestod af et ark tyndt papir, der var hæftet til et stykke karton og med et stykke karbonpapir imellem. Man tog så farvebåndet af skrivemaskinen, så tasterne slog hul i det tynde papir. Stencilen blev så sat i duplikatoren, hvor tryksværte blev presset igennem de små huller i stencilen, så man kunne trykke så mange sider, som der var behov for. Ved at afskrive disse lærerige bøger og lytte til Grejsens og forstander Richs forkyndelse på møderne, fik Merci en grundig bibelundervisning. Samtidigt med de andre gøremål fik Merci også ansvaret for søndagsskolen, der blev holdt for byens børn. Elever fra højskoleholdet, der var interesseret i børnearbejde, fik lov at hjælpe med ved undervisningen under Mercis vejledning.

I vinteren 1961 - 1962 var jeg blandt eleverne. Jeg var uddannet lærer, men ønskede at få mere bibelundervisning, da jeg ønskede efterhånden at blive forstander for en menighed. Jeg havde Merci til maskinskrivning, hvor vi skulle lære blindskrift. Det vil sige, at vi ikke måtte se på tasterne, mens vi skrev. Hvis vi så ned, var Merci der straks med sit strenge blik. Jeg havde tidligere mødt Merci og kunne vel ikke skjule min interesse for hende; men jeg kunne straks mærke, at jeg skulle holde fingrene væk og passe mig selv. Merci ville være korrekt og reel over for skolen, så hun ville ikke begynde et nærmere bekendtskab med en af eleverne.

Den følgende sommer var der ikke ungdomsskole. Skolen havde lagt undervisningen om, så der var 8 måneders højskoleophold og nogle kurser om sommeren. Jeg blev antaget som lærer og kom så til at arbejde sammen med Merci. Forholdet mellem lærerne var godt, og med hensyn til Merci betragtede jeg vel hende som noget uopnåeligt, og så måtte jeg jo skabe mig en tilværelse på anden måde. Det endte dog med, at jeg blev klar over, at jeg alligevel havde en chance, så jeg friede til hende, og vi blev forlovede. Det var i januar måned, og vi regnede med at skulle giftes, når skoleåret sluttede i maj. Hvad der skete, kan jeg ikke sige med sikkerhed. At vi havde en meget forskellig opvækst var ikke årsagen. Merci var opvokset i et fabrikanthjem i Ordrup, og jeg i et lille hus på landet. En anden ting var, at jeg ikke var særlig udadvendt og var lidt tilbøjelig til at udskyde de ting, der straks burde ordnes, mens Merci var udadvendt og ønskede ethvert problem ordnet her og nu. Jeg havde aftalt med forstander Rich, at jeg skulle fortsætte som lærer det følgende år. Jeg burde straks have talt med ham om vort ægteskab og boligforhold, men man kan jo sagtens være bagklog. Fakta er, at Merci følte sig usikker på forholdet og afbrød forlovelsen. Jeg forlod skolen ved skoleårets afslutning.

Da Merci senere besøgte sin fars gamle faster, Ingeborg, og fortalte hende om den brudte forlovelse, var dennes kommentar: "Tror du da, når du beder Gud om et æg, at han giver dig en slange".?

Mercis to søstre, Ingeborg og Anna Grethe, blev sendt hjem fra Japan et år førend forældrene vendte hjem. Anna Grethe kom til at bo hos deres moster Eva og onkel

Johannes i Vildbjerg, og Ingeborg fik et ophold på højskolen.

Da forældrene kom hjem, kom de også en kort tid til at bo i Vildbjerg, hvorefter de flyttede til Veddinge bakker på Sjælland. Merci passede sit arbejde på højskolen. Som sekretær fik hun ofte en opgave, hvor hun skulle skrive en skrivelse, der skulle sendes ud til alle menigheder. Den duplikerede hun. Duplikatoren, der var ret tung, stod på et ca. 1½ m højt skab på lærerværelset. Merci, der vel var knap 1,60 m høj, havde besvær med at løfte den ned, og en dag gik det galt. Hun var ved at tabe den, men blev ved med at holde duplikatoren i armene, mens hun selv blev presset ned mod gulvet på grund af vægten fra duplikatoren. Der måtte ikke ske den noget. Om den hændelse var medvirkende til, at Merci senere hen ved en forkert drejning i ryggen fik en diskusprolaps, ved hun ikke, men på grund af stærke smerter måtte hun ind-lægges på ortopædisk hospital, hvor hun blev lagt i stræk med to tunge lodder i benene for at leddene i ryggen kunne komme på plads igen. Da hun kom hjem fra hospitalet, måtte hun gå med et læderkorset, der var stivet af med stålskinner. Samtidigt fik hun smerte-stillende tabletter. Hun spurgte lægen, om hun risikerede at blive afhængig af pillerne, men det mente lægen ikke. Det blev hun alligevel, og selv efter, at Merci havde været til forbøn om helbredelse, kunne hun ikke undvære pillerne. En aften hun skulle til at sove, så hun på pilleflasken. Det var som om, den sagde til hende: "Det er mig, der er din Gud, mig kan du ikke undvære." Det var en hån imod Merci, der af hele sit hjerte ønskede at leve for Gud. Hun tog den tablet, hun skulle have haft, og lagde den på bordet, idet hun tænkte: "Nu prøver jeg at falde i søvn uden at tage pillen, så kan jeg tage den, hvis der bliver brug for den". Den næste morgen lå pillen der, og Merci havde overvundet trangen til piller.

En dag i sommeren 1966 ringede forstander Rich til Merci, der var i sin lejlighed. Han spurgte: "Ved du, hvem der kommer på næste elevhold?" Merci anede straks, hvem det var. Det var mig, som hun tidligere havde været forlovet med. Jeg havde i mellemtiden fået kald til at tage til Japan som missionær. Jeg havde været på bibelskole i England, men der var ingen til at sende mig til Japan. Som en missionær havde sagt: "Det er ikke nok, at du har kald, der skal også være en menighed, der har kald til at sende dig ud." Det manglede jeg. På højskolen ville jeg få bibelundervisning, og i min fritid kunne jeg studere japansk. Samtidigt tænkte jeg: "Jeg må jo kunne vænne mig til at færdes sammen med Merci igen på en naturlig måde.

Den første søndag, jeg var der, var alle elever på en travetur til Hohøj, en gravhøj, der ligger på bakketoppen på den modsatte side af Mariager, som højskolen. Merci og jeg fulgtes ad et stykke af vejen. Der fortalte hun mig, at hendes søster Ingeborg lige var blevet gift. Merci havde i løbet af sommeren skrevet stencils til en ny grundbog, og da jeg havde været på skolen nogle dage, kom hun og spurgte mig, om jeg ville hjælpe hende med at læse korrektur på den. At hun valgte mig var vel naturligt. Jeg var læreruddannet, så jeg var vel den af eleverne, der bedst kunne hjælpe med det. Vi læste korrektur ca. en time hver dag, uden at vi på nogen måde talte om fortiden. Men en lørdag aften, da Merci skulle have besøg af en veninde, havde hun inviteret nogle flere til at besøge sig, og hun kom så for at invitere mig med. Vi har siden ikke kunnet blive enige om, hvem af os der brød isen, men vi var bare enige om, at vi hørte sammen. Jeg måtte dog sikre mig, at hun var villig til at tage med til Japan. Merci, der vidste om mit kald, svarede straks ja. Veninden, som var årsag til festen, troede senere ikke på, at det var for hendes skyld, at Merci holdt fest.

Et par gange i løbet af efteråret besøgte vi Mercis forældre, der nu var flyttet til Høve Strand. De boede i et hus, hvor de som husleje skulle tage sig af huset ejer, der var en ældre mand, der ikke kunne klare sig alene. Når vi skulle besøge dem, kørte vi i Mercis bil til Ebeltoft, hvor vi parkerede bilen på parkeringspladsen ved færgen, og tog så med færgen til Sjællands Odde. Der blev vi hentet af Mercis forældre. En gang var det så tåget, at vi måtte køre meget langsomt for at følge vejen, så vi kom til færgelejet i sidste minut. Merci løb til billetkontoret, mens jeg parkerede bilen. Da så jeg til min ærgrelse at færgen afsejlede. I det samme kom Merci ud fra billet-kontoret og vinkede til mig, at jeg skulle komme over til færgen. Der var blevet ringet fra billetkontoret, at der kom to passagerer, og de sejlede tilbage, så vi kunne springe om bord. Hele juleferien tilbragte vi også hos Mercis forældre sammen med Ingeborg og hendes mand, Per, og Anne Margrete, der endnu ikke var færdig med realskolen. Det var hyggelige dage, hvor vi også gik lange ture langs stranden, og ellers hyggede os indenfor, da der var frost og sne udenfor.

Da vi kom ind i det nye år, begyndte vi at tænke på, hvad vi skulle til maj, når skolen sluttede. Datoen for vort bryllup blev sat til den 10. maj. Det var St. Bededag. Jeg måtte jo se at få et arbejde, og vi skulle have et sted at bo. Vi havde på det tidspunkt ingen mulighed for at komme til Japan, så jeg måtte søge en lærerstilling. Der var ledige stillinger nok. Et ansøgningsskema var på 8 sider, og det skulle indeholde oplysninger om eksamens-resultater, tidligere ansættelser og til sidst spørgs-målet: "Er du medlem af folkekirken?" Et spørgsmål, som jeg måtte besvare med et nej. I parentes skrev jeg "Pinsevækkelsen". Det blev til en del ansøgninger. Nu var Merci den af os, der var bedst til at skrive på maskine, så hun ordnede denne side af sagen for mig, og hun var også med, når jeg var ude at tale med skolelederne ved de skoler, hvor jeg søgte stilling. Det så ud til, at skolelederne havde den fælles vane, at de ikke læste ansøgningen igennem, før vi var der. De sad og kiggede i den, medens de snakkede med os. Når de kom til sidste side og så, at jeg ikke var medlem af folkekirken, havde de hurtigt en undskyldning for, at jeg ikke kunne regne med ansættelse. Kun et sted var skolelederen så ærlig, at han sagde: Der er mange her på egnen, der er "Indre Missions", så han mente ikke skolekommissionen ville ansætte mig. De turde ikke ansætte en, der var så "fanatisk" kristen. Det endte med, at vi kom til 1. maj, uden at jeg havde fået en stilling. I Vejle, hvor jeg kom fra, stod menighedens forstander-bolig tom, og der fik vi lov til, når vi var blevet gift, at bo midlertidigt. Et par måneder før vort bryllup blev Mercis far sendt til en opgave i Korea. Organisationen "Nordisk Korea Mission" var lige blevet stiftet. De havde overtaget ansvaret for nogle børnehjem, og de manglede en mand, der kunne rejse ud og have overopsyn med hjemmene. Forstanderen for Buddinge menighed, Albert Kühn, var med i bestyrelsen, og da der blev nævnt, at de behøvede em mand, der kunne varetage missionsrådets interesser i Korea, sagde han straks:" Jeg har en mand, der er kendt med Østens forhold". Mercis far ville gerne påtage sig arbejdet, men det passede ham ikke så godt, at det skulle være med det samme, da han jo snart skulle holde bryllup for Merci. Han blev så sendt derud en måned for at sondere situationen, så kunne han komme hjem og holde bryllup og derefter rejse ud igen.

Vort bryllup blev holdt på Buddinge menigheds sommerlejr på Veddinge Bakker. En landejendom, hvor udhusene var blevet bygget om, så der var sovesale, spisesal og mødesal. Det var sådan dengang, at man indenfor pinsemenigheden ikke havde autoritet til at vie nogen, så vi måtte først en tur til sognefogeden i Asnæs for at blive lovformeligt gift. Om eftermiddagen holdt vi så bryllup, hvor Mercis far viede os, hvor vi ind for Gud og menigheden sagde "ja" til hinanden og lovede at være hinanden tro hele livet igennem.

Efter brylluppet begyndte der en ny hverdag for Merci. Da der ikke er brug for lærere i sommerferien, måtte jeg have et andet arbejde. Jeg fik arbejde på Mølholm kirkegård som medhjælper for gartneren. Merci havde fået vores ting på plads og skabt et hyggeligt hjem. Der var ikke meget for hende at foretage sig, selv om hun meget hurtigt kom i gang med at hjælpe med menighedens børnearbejde, så hun ville gerne have et arbejde. Selv om hun havde lagt læderkorsettet væk, skulle hun alligevel passe på sine bevægelser, så hun kunne ikke gå i gang med hvad som helst. Da Vejle Amt Folkeblad søgte en teletapeskriverske, søgte hun stillingen og fik den. Det var aftenarbejde. Hun skulle arbejde fra kl. 2 om eftermiddagen til kl. 10 om aftenen. Da jeg efter sommerferien fik vikararbejde på byens skoler, blev det sådan, at Merci var taget på arbejde, når jeg kom hjem efter skoletid. Hun havde en pause ved spisetid, så jeg lavede mad og hentede hende, og efter vi havde spist, kørte jeg hende ned til hendes arbejde igen, og ved arbejdstids ophør blev hun så hentet igen. Det var dog kun 5 dage om ugen. Så vi havde da weekenden sammen. Da menigheden igen skulle bruge deres forstanderbolig, fik vi en lejlighed på 4. sal i en nyopført boligblok. Vi var jo unge, og de mange trapper betød ikke så meget for os; men en dag måtte Merci på hospitalet. Hun ventede sig, og det truede med at blive en abort. Det gik dog i orden, men hun blev sygemeldt og måtte passe på, ikke at tage for hårdt fat med det daglige arbejde. Den 11. juli 1969 fødte hun pige; men lige efter fødselen kom der komplikationer, så hun måtte straks opereres. Da jeg kom for at besøge hende, underrettede en læge mig om situationen og gjorde mig opmærksom på, at vi måtte regne med, at vi ikke kunne få flere børn; men der tog lægerne for en gangs skyld fejl. Da jeg besøgte hende om aftenen, sagde sygeplejersken til mig: "Du må godt komme og se til hende, før du går til ro i aften." Det var en forsigtig måde at gøre klart, at de ikke var sikre på, at hun overlevede. Det gjorde hun heldigvis, så Merci kom snart hjem med vores lille pige, der fik navnet, Annette.

Merci som hustru

Jeg fik et års vikariat ved en skole i Kolding. Det var en skole for elever med indlæringsvanskeligheder. Vi havde jo vores menighed i Vejle og dermed også de fleste af vore venner der, så vi foretrak at blive boende i Vejle, selv om jeg arbejdede i Kolding. Nu havde Merci fået lidt at se til. Der blev for eksempel meget vasketøj. I kælderen var der et vaskerum med vaskemaskiner, der efter tur kunne bruges af alle beboere i hele boligblokken. Men der var også en ekstra vaskemaskine, som vi kunne bruge, hvis den var ledig, og den fik Merci nu brug for. Hun kunne imidlertid ikke lade Annette ligge alene i lejligheden, mens hun gik ned i kælderen, så hun lagde Annette i en lille liggestol, som hun satte oven i vasketøjet, og tog hende med. Hvis nu, at vaskemaskinen var optaget, måtte hun tage vasketøj og barn med op igen, for at vente på en anden chance. Det var ulempen ved at bo så højt oppe. Vi havde dog ikke tanke for at ville flytte; men et ægtepar blandt vore venner havde fået arbejde på Fyn. De havde et hus, som de ikke ønskede at sælge i tilfælde af, at de ikke blev glade for det nye arbejde. De tilbød os at bo i huset. Vi var lidt betænkelige ved at tage mod tilbuddet, men da de var opsat på at have os til at bo der og tage os af huset, skrev vi en kontrakt med dem, hvor vi sikrede os, at vi havde huset i mindst 2 år. Det var jo både dyrt og besværligt at flytte. Det gik, som vi frygtede. Vennerne kom tilbage til Vejle, inden der var gået et halvt år. På grund af kontrakten kunne de ikke fordre at få huset igen, så de måtte bo i lejlighed. De var blandt vore gode venner; men vi kunne alligevel mærke, at de ønskede, at vi skulle finde et andet sted at bo, så de kunne overtage huset igen. Vi begyndte da at se efter, om det var muligt for os at finde et hus, der var så billigt, at vi kunne købe det. Vi tillod os nemlig den luksus, at Merci blev hjemmegående, så hun kunne passe både hus og barn, og derfor måtte vi klare os med én løn. Det lykkedes os at finde et hus ude på landet, en nedlagt landsbyskole, hvor der kun havde været et klasselokale og en lille lejlighed, hvor en ugift lærer kunne bo. Klasseværelset var lavet om til dagligstue, så det var et passede hus for en lille familie. Der var en stor have rundt om huset. Der var virkelig dejligt at bo – om sommeren. I de grå vinterdage kunne det være lidt ensomt for Merci at være alene hjemme med Annette, mens jeg var i skole. Lørdage og søndage var dog lyspunkter, for Merci hjalp stadig med børnearbejdet i menigheden i Vejle, og der var vi også til møde om søndagen. Vi havde også vores fælles hobby, idet vi begge kunne lide at male oliemalerier. Merci, der jo havde undervist i det på højskolen, lærte mig, hvordan jeg skulle forstørre et motiv og give det de rette proportioner. Merci fik også en opgave med at male træfade for en, som havde gjort det at dreje fade af træ til sin hobby, og han håbede på, at det kunne blive en indtægtskilde. På fadene skulle der males et norsk mønster, og det gjorde Merci helt perfekt, men det tog for lang tid at male et fad, så fortjenesten blev for lille, og da manden ønskede, at arbejdet blev gjort som "sort" arbejde, ønskede Merci ikke at arbejde for ham. Hun ønskede ikke at gøre noget, der bare var en anelse uærligt.

Merci ventede sig igen, og den 27. maj 1972 blev Joan født. Alt gik godt, og da jeg en måned senere fik sommerferie, havde vi en rar sommer. En dag sad jeg på terrassen og malede på et ret stort lærred. Merci serverede kaffe i haven. Pludseligt lød Annettes stemme højt af begejstring: "Se, maler Nette"! Vi fik travlt med at se, hvad det var, den treårige Annette malede. Hun stod med den største pensel, jeg havde, og malede med sort maling med store strøg på den nederste del af lærredet, som hun lige kunne nå. Jeg fik travlt med at få malingen tørret af igen, så jeg var ikke opmærksom på, hvordan Annette tog det, at jeg ikke blev glad for hendes hjælp, men ødelagde hendes første forsøg som kunstmaler.

Med familieforøgelsen blev der mere vasketøj, og det viste sig, at vores brønd ikke kunne give vand nok, så Merci måtte af og til hen til nabogården for at hente vand til husholdningen. Brøndgraveren, der kendte stedet, forsikrede os om, at der var nok vand, bare vi kom dybt nok ned. Vi blev dog enige om, at det var bedst for os at flytte ind til byen igen. Vi solgte huset og skulle så have en lejlighed. Vi kørte til Vejle til kontoret i den boligforening, hvor vi tidligere havde lejet en lejlighed. De havde en lejlighed i et næsten nyopført kompleks på Nørremarken. Vi så lejligheden, men da vi til sidst stod ude på altanen og talte med viceværten, så en af vore bekendte, der boede i nærheden, os, og råbte til os: "Kom lige over til mig, inden I kører videre. Da hun fik at vide, at vi ønskede at leje lejligheden, advarede hun os. De havde boet i en lejlighed i samme opgang. Da der var mange støjende familier, der boede der, var de flyttet. De havde fået en dejlig lejlighed på 1.sal i bygningen ved siden af. Det var en gavllejlighed med en altan, der var lige så lang som deres stue. Den vendte mod syd, så når der var solskin, havde de solskin næsten hele dagen, og der var en pragtfuld udsigt ud over Vejle Fjord og over til Munkebjerg. Vi spurgte: "Hvordan kunne I få sådan en lejlighed?" Og svaret var: "Vi bad bare", som om det var den mindste sag af verden. Vi kørte så tilbage til boligforeningens kontor. Undervejs kørte vi ind til siden og standsede bilen, og så sendte vi en lille bøn op til vor Himmelske Fader. Merci blev i bilen, med børnene, mens jeg gik ind på kontoret. Jeg spurgte, om de ikke havde en anden ledig lejlighed og fik det svar, at hvis jeg kunne bruge en lidt større lejlighed, var der en beboer, der var ved at flytte ud, den kunne vi få. Da jeg på en skitse over området så, hvor lejligheden var beliggende, skrev jeg kontrakt med det samme. Merci syntes nok, at jeg burde have talt med hende først, inden jeg havde lejet den; men da hun så lejligheden, var hun straks enig med mig. Det var på 3. sal og en lejlighed, der var magen til vore venners, som vi jo lige havde set. Så boede vi igen i en lejlighed, selv om vi bedst kunne lide at bo i et parcelhus. Men samtidigt var vi igen kommet til at bo i nærheden at venner og min familie. En vinter samlede vi en del af familien en aften i hver uge, hvor Merci underviste i porcelænsmaling.

En Dag kom Ketty, som havde hindret os i at leje den anden lejlighed, og spurgte, om Merci ville hjælpe med nogle børnemøder, for så ville hun samle børn i sin lejlighed en eftermiddag om ugen. Merci, der fra ungdommen af havde arbejdet med søndagsskole, sagde ja til det, og det blev en succes. Der kom så mange børn, at der ikke var plads til dem i lejligheden, så de måtte bede om lov til at holde børnemøderne i et klasseværelse på Heldagerskolen, der lå i nærheden. Et klasseværelse var ikke nok, så de måtte deles i to klasser, hvor Merci fik opgaven at undervise de store børn. En dreng, der gerne ville lave uro, fik lov til at gå og fik at vide, at han ikke skulle komme igen. Da han blev klar over, at det var alvor, fortrød han, at han havde lavet støj, men han måtte gå. Merci gjorde det klart, at det her ikke var noget, man lavede sjov med. 2 af børnene har vi senere mødt, de kom til troen ved disse børnemøder.

Der var et par gener ved at bo i lejlighed. En dame, der boede på 1.sal, kunne ikke lide, at der kom fremmede børn op ad trappen. Hun kom ud og skældte ud, hvis vore piger havde legekammerater med op. Og dem, der boede lige under os, havde af og til gæster, og sent på aftenen begyndte de at synge: "Sejle op ad åen" den ene gang efter den anden. Det lød til, at de morede sig; men det gjorde vi ikke, for de blev ved til hen på de små timer.

Når et byggefirma havde åbent hus, var vi ofte henne for at se, om der var noget, vi kunne købe, men dengang var det sådan, at man for at få bygget et hus først måtte have et byggelån, der skulle tilbagebetales, når huset var færdigt. Derefter måtte man have et lån i kreditforeningen, som for at skaffe pengene solgte obligationer. Derfor vidste man ikke, hvad huset kostede, inden man kendte kursprisen, kursen var så lav, at huset kom til at koste næsten det dobbelte af byggeprisen, og renterne var meget høje. Det kunne vi slet ikke betale os fra, så vi blev enige om at holde op med at snakke om hus, fordi vi blev lidt rodløse, når vi hele tiden tænkte på at flytte.

En dag, jeg var på vej hjem fra arbejde, så jeg ved en samling nyopførte huse et skilt, hvorpå der stod: "Åbent hus". Jeg kunne ikke dy mig for at se, hvilke tilbud de havde. Det viste sig, at man nu kunne få kontantlån, det vil sige, at man nu kunne vide, hvad huset kom til at

41

koste, og til hvilken rente man kunne få lånene. Nu var det muligt for os at få bygget hus. Da jeg var ansat på en skole i Kolding, var det bedst for os at bo der. Vi fik bygget et hus, med en fin udsigt ud over et naturskønt område, der kaldes Alpedalen. Som udbetaling til huset skulle jeg selv udføre malearbejdet, og dermed også selv tapetsere. Det var jo den sidste del af byggeriet. Jeg sagde lejligheden, vi boede i, op, fordi vi havde 3 måneders opsigelse. Da byggeriet tog længere tid end beregnet, var det kun håndværkerne, der var færdige med deres arbejde, så vi måtte flytte ind, før jeg fik gjort min del af arbejdet. Merci ventede nu vort tredje barn, og af tidligere erfaring måtte hun passe på ikke at tage for hårdt fat. Huset blev færdigt, og vi nærmede os julen 1975. Et par dage før jul fik Merci veer og måtte på sygehuset. Juleaften blev hun kørt på enestue, for at de kunne holde lidt jul for de andre patienter. De gjorde det lidt hyggeligt for hende. De pyntede juletræ, og vi fik lov at holde jul sammen med hende. Normalt måtte børn ikke komme ind på fødeafdelingen, men som lægen sagde: "I julen smitter børn ikke". Den 27. december blev Bodil født, ca. 2½ måned for tidligt. Hun blev lagt i kuvøse, og vi var meget spændt på, om hun overlevede. Merci og jeg måtte hver dag på sygehuset for at se til hende. Vi måtte give hende mad og snakke til hende, så hun kunne vænne sig til os. Vi så de andre kuvøser, hvor der af og til forsvandt nogle af de mindste, og en dag så vi til vor store forfærdelse, at Bodils kuvøse var tom; men det viste sig, at hun var blevet flyttet til en anden kuvøse, hvor hun fik lysbehandling, fordi hun havde fået gulsot. Det gik hurtigt over. Hver dag, mens vi var hos Bodil, måtte Annette og Joan sidde ude på trappegangen. Børn måtte ikke komme med ind, for at de ikke skulle bringe smitte af børnesygdomme ind på afdelingen. De havde lidt legetøj med og klarede ventetiden på trappegangen uden at beklage sig i 1½ måned.

Der kom en dag, hvor vi kunne få Bodil med hjem. Merci havde i den tid, hvor hun ikke kunne arbejde, strikket dukketøj til Annettes og Joans dukker. Da Bodil nu skulle hjem, var det babytøj, vi havde til hende alt for stort, så hun fik dukketøjet på og blev hentet i en lift til Annettes dukkevogn. I løbet af et år var hun på højde med andre børn i samme alder.

Merci havde jo arbejdet med søndagsskole, så hun begyndte også her at samle nabobørnene til børnemøde samtidigt med, at hun underviste sine egne børn. Naboens dreng sagde en dag: "Min far og mor tror også, men ikke så stærkt som I gør." En anden nabo havde to småbørn, som også kom til Mercis børnemøder. Deres far var langturschauffør, og moderen havde også arbejde, så børnene blev passet i et hjem ikke så langt fra deres hjem. Konen, der skulle passe dem, havde den ide, at børn skulle lege ude i frisk luft. En dag, hvor det var meget koldt, kom de to børn og ringede på hos Merci og spurgte, om de måtte komme ind, for de frøs, og konen, der skulle passe dem, mente, at de havde bedst af at være ude, så hun ville ikke lukke dem ind. Merci lukkede dem selvfølgelig ind, så de kunne få lidt varme, og senere gik hun til moderen og fortalte hende, hvordan hendes børn blev passet, så moderen fandt to ældre damer, som passede dem forsvarligt og godt.

Jeg brugte en del tid på at oversætte to bøger om Bjergprædikenen fra engelsk til dansk. Selv om det så ud til, at vi aldrig skulle komme til Japan, så forberedte jeg mig stadigvæk. Så en dag lød det til mig: "Hvis du skal til Japan, så er det nu". Jeg viste ikke rigtigt, om det var på grund af mine egne ønsker, at tanken kom til mig, så jeg bad: "Herre, hvis det er din vilje, at vi skal til Japan, vil du så sige det til Merci". En måneds tid senere stod Merci og glædede sig over sin fine stue og tænkte: "Hvor har vi det dejligt, hvor er jeg lykkelig." Da lød det til hende: "Nu er du lykkelig; men hvis du hindrer Robert i at rejse til Japan, så vil denne lykke ikke blive hos dig; men hvis du er villig, så skal lykken følge dig i Japan!". Vi fik talt om det, og jeg begyndte igen at tale om mit kald til Japan i menigheden. En af vore missionærer fra Japan var hjemme i Danmark for at være med ved sin fars 100 års fødselsdag. Hun boede hos sin familie i Vamdrup, som jo ikke er så langt fra Kolding. Hun skulle rundt til møder, og jeg var hurtig til at tilbyde at køre hende til disse møder, hvor jeg så fik anledning til at sige lidt om mit kald til Japan. Vores menigheds forstander kom en dag på besøg hos os. Han havde fået til opgave at tale os til "fornuft". Han prøvede at forklare os, at vi ikke kunne klare opgaven at være missionærer, og at menigheden, der havde ansvaret for en missionær i Argentina, ikke også kunne tage ansvaret for os og sende os ud. Merci og jeg gjorde ham det klart, at når man havde et kald, så måtte vi derud på en eller anden måde.

I påsken foråret efter havde Evangelieforsamlingen i København arrangeret et stævne angående missionen i Japan. Vi blev enige om, at vi ville tage der over, om ikke for andet så dog for at vise vor interesse for missionen. Den norske missionær, der skulle have talt, blev forhindret, så det blev Garder Ragnarsson, der kom til at tale på formiddagsmødet. Han talte brændende om, hvor vigtig missionen er. Merci og jeg blev bedt om at sige lidt om vores kald på mødet om eftermiddagen. Vort vidnesbyrd gjorde så stærkt et indtryk på en kreds af menighedens unge piger, der brugte at samles til bønnemøde. De begyndte at bede for os, at vi måtte få en menighed, der ville sende os ud. Efter nogen tid spurgte de menighedens forstander, Karl Kühn, om deres menighed ikke kunne sende os ud. Han gik ind for det, men måtte først have ældsterådets godkendelse, og derefter måtte han have andre menigheder til at støtte det økonomisk. Vi måtte rundt til mange forskellige menigheder. Efterhånden gik det i orden. Derefter skulle vi have en invitation fra Japan, at de ønskede os derover. Først da det var i orden, kunne vi søge visa. Det gik alt sammen i orden, og sidst i august 1979 kunne vi så flyve via Thailand til Japan.

Vi skulle overnatte 2 nætter i Bangkok, derfor måtte jeg have vores rejsegods opbevaret på lufthavnen, da vi kun kunne have vores håndbagage med til hotellet. Imens måtte Merci passe på håndbagagen og se efter vore tre piger, tre små piger i ens kjoler. Merci havde hørt så meget om børnebortførelser, så hun kunne ikke lide, at der var så megen opmærksomhed overfor vore børn. I Bangkok er det ikke almindeligt, med lyst hår og blå øjne. En kom endog hen for at mærke på Bodils rygsæk, for lille som hun var, så havde hun også lidt oppakning, dog ikke særlig tung. Vi blev kørt til hotellet i hotellets bus, og alt gik godt. Dagen efter havde vi tid til at se os lidt omkring. Folk så velklædte ud, men på fortovet, der ellers var fyldt af forbipasserende mennesker, lå der en mand, der så ud som om, han var i koma. Ved siden af ham stod der en blikdåse til almisser. Gaderne vrimlede med små trehjulede biler. Det kunne være varevogne eller taxavogne. Og midt i al mylderet så vi en, der kom ridende på en elefant. Det var jo lidt fremmedartet for os. Dagen efter rejste vi så videre og mellemlandede på Filippinerne, og endelig lørdag den 1. september 1979 landede vi i Japan. Vi blev hentet af de danske missionærer, Anna Bruun og Helene Riis og familien, Botho og Else Petersen. Der var vel ca. 5 timers kørsel i bil til Komatsu, så klokken blev ca. 2 om natten, inden vi endelig var fremme.

Søndag morgen måtte vi ret tidligt op, da der var møde, og der forventede de, at vi ville sige lidt. Vi blev tolket, da vi ikke kunne noget japansk endnu. Om aftenen var vi til møde i Kanazu, hvor vi et par år senere kom til at bo. Der blev vi tolket af Botho Petersens 13-årige søn, Kim, der gik i japansk skole.

Vi skulle ikke blive i Komatsu, vi skulle videre til en bjergby, Karuizawa, som ligger ca. midt på øen Honshuu, hvor der var en sprogskole for missionærer. Vi havde lejet et hus af et amerikansk missionsselskab. Det var et tvillinghus, så vi fik en japansk nabo inde bag en tynd skillevæg. Huset var tidligere lejet af en missionær, som nu var hjemme på orlov. Han havde efterladt sine møbler, så det var lige til at flytte ind i. Det trængte dog til lidt rengøring, da huset havde stået tomt hele sommeren.

For Merci, der kom fra et nyt, rent hus, var det en stor omvæltning, men hun fik det skrubbet rent og malet i køkkenet og badeværelset, så efterhånden blev det et hyggeligt hjem.

Børnene skulle jo have undervisning. Vi havde, mens vi boede i Kolding, været på skolebiblioteket, hvor vi udvalgte, hvilke bøger vi ville bruge, hvorefter vi gik til boghandleren og købte de undervisningsbøger, vi skulle bruge fra første til tiende klasse. Merci havde jo været lærer på højskolen, så hun var vant til at undervise. Nu blev hun lærer for sine egne børn. Annette var 10 år og gik i fjerde klasse. Joan var 7 år og gik i første klasse, Bodil var kun 3 år, men hun skulle jo også beskæftiges, så hun måtte gå i en slags børnehaveklasse. Børnene fik hver et skoleskema, så de fik det antal timer, de skulle have i hvert fag, som hørte til deres årgang. I frikvarteret kunne de lege i det fri, men så snart Merci ringede med en lille klokke, slap de straks det, de var i gang med, og satte kursen mod hjemmets dør.

Vi havde bjerge rundt om os, så vi kunne gå ture i bjergene og på den måde få motion. I begyndelsen kunne Bodil kun gå ca. 100 m, inden hun ville bæres, men i løbet af kort tid løb hun rundt sammen med de andre. Det var en sund tilværelse i den rene bjergluft. Karuizawa er en ferieby, hvor der om vinteren bor ca.

14.000 indbyggere; men om sommeren var der ca. 300.000, der boede i sommerhuse. Derfor var der mange små forretninger, hvor vi kunne købe alt muligt; men hvis vi skulle købe billige varer, måtte vi til et supermarked i Nakakaruizawa, som lå ca. 5 km fra vort hjem. I begyndelsen købte vi en cykel, som vi læssede varerne på, og på den måde blev vi fri for at bære dem hjem. Senere fik vi hver en cykel, så vi var kørende. En af vore naboer, en norsk missionær, fik bil. Den stod parkeret lige uden for vores vindue, og vi tænkte sommetider: "Det kunne være rart for os, at have sådan en bil." Nu var det sådan, at den norske missionær var på en tur op til det område, hvor han forventede at skulle arbejde, når de var færdige med sprogskolen. Han opdagede, at det var et meget bjergrigt område, og deres bil ikke var egnet til den megen bjergkørsel, så derfor ville de have en større vogn. Da vi samtidigt fik penge til at købe bil for, blev det ikke en bil ligesom den, der stod udenfor, vi købte. Det blev den bil, der stod udenfor. Det var blevet forår, men der var stadigvæk køligt i Karuizawa, som ligger ca. 1000 m. over havets overflade. Vi nød, at kunne køre ned gennem de 184 hårnålesving ned til byen, der lå nedenfor bjerget, hvor kirsebærtræerne langs vejene og buskene i haverne blomstrede. Men vi kunne også lide bjergene, og vi blev især glade for Karuizawa, da vi senere oplevede den japanske sommervarme. Det blev vores bedste feriested.

Vi var jo i Danmark vant til, at undervisning er gratis. Derfor havde vi ikke taget nok højde for, at det kunne være dyrt i Japan.

Merci og vore tre piger
på tur i bjergene

Da prisen blev sat ret meget op, måtte jeg holde op på sprogskolen og fortsætte med selvstudie. Vi opdagede, at det var svært for os at lære sproget. Missionærer, der først havde været i Kina og havde lært kinesisk, sagde: "Da vi havde lært 100 kinesiske ord, kunne vi begynde at bruge dem, og så kunne vi bygge sproget op om det, vi havde lært; men for at bruge japansk, må man lære hele sproget, inden man kan bruge det." Noget er der om det. Samtidig er der forskel på, om man skal tale høfligt sprog eller jævnt sprog, eller om man skal tale til børn.

Det var ikke længere en fordel for os, at bo i Karuizawa, og vi søgte et sted at bo i Komatsu, hvor vore danske missionærer boede. Det viste sig at være svært; men vi har jo som kristne en mulighed, når der er noget, vi ikke kan: nemlig at gå bønnens vej. For Merci lød der en stemme, der sagde: "Du skal bede om et nyt hus, hvor der er toilet med træk og slip". Det var ikke normalt i Japan, at det var sådan dengang, så Merci syntes, det var lidt fordringsfuldt; men hun gjorde det, selv om hun faktisk ikke troede, det kunne lade sig gøre. Vi var på besøg nogle dage hos vore danske missionærer i Komatsu. De havde en missionær fra Danmark på besøg. Ved møderne blev han tolket af en japaner, Kawakami, der underviste på universitetet i Fukui. Efter mødet spiste vi til middag hos Anna Bruun og Helene

Riis. Under måltidet nævnte Anna Bruun, at vi manglede et sted at bo. Kawakami havde et hus i Maruoka, der stod tomt. Han havde brugt det for at få ro, når han skulle forberede sin undervisning; men hans børn var rejst hjemmefra, så han havde ikke brug for huset mere. Han tilbød os at leje det. Der havde aldrig boet nogen i huset, så det var sådan set et nyt hus, og netop i den del af byen var der "træk og slip" på toiletterne. Andre steder var der septiktank, der skulle tømmes med jævne mellemrum. Så Merci fik sin bøn opfyldt. Huset var på 54 m^2, men vi indrettede os, så vi kunne være der og få et hyggeligt hjem. Den vinter oplevede vi, at der faldt store mængder af sne. Tre gange måtte jeg op på taget for at skovle sneen ned, da det ellers ville trykke taget i stykker. Der kom efterhånden til at ligge sne helt op til taget af huset, så jeg til sidst ikke behøvede en stige for at komme derop. En nabo havde til opgave at holde vejen fri for sne. Han havde en stor bulldozer, og med den flyttede han al sneen fra vejen over på en ubebygget grund, hvor der efterhånden blev et helt bjerg af sne. Snevejret begyndte ofte med et voldsomt tordenvejr. Vi blev ofte vækket om natten af et tordenbrag, der gav genlyd mellem bjergene. Men som det sker hvert år, så blev det forår igen. Landmændene plantede ris, kirse-bærtræerne blomstrede, og så kom varmen. Ca.35 grader fugtig varme hver dag. Vi havde ingen aircondition.

Nogle dage kørte vi til havet, hvor Merci og børnene badede, mens jeg blev på strandbredden og studerede japansk. Andre dage kørte vi op i bjergene, hvor vi fandt et sted, hvor vi kunne sidde på store sten midt i en flod. Der kunne vi sidde og læse, så vi ikke spildte tiden.

Da vi havde boet i Maruoka i 1½ år, rejste missionærerne i Kanazu, Else og Botho Petersen, hjem på orlov, og vi blev bedt om at overtage arbejdet der. Da Merci så køkkenet, spurgte hun: "Kan vi ikke blive boende i Maruoka, selv om vi skal arbejde her". Foreløbig var vi nu nødt til at blive boende i Maruoka, for Else og Botho havde efterladt alle deres ejendele, da de håbede på at komme tilbage igen.

Salen behøvede en reparation. Loftet måtte fornyes. Som en norsk missionær, der hjalp os den første tid, sagde: "Man sidder jo bestandigt og er bange for, at taget skal falde ned i hovedet på en." Vi fornyede loftet og malede en del af væggene og vinduesrammerne, og en del af væggene blev beklædt med plader af finer. Vi havde møder hver søndag formiddag og hver onsdag aften. Et af vore problemer var, at vi manglede musik til sangene. Merci kunne spille guitar; men hun kunne ikke samtidigt spille og læse de små skrifttegn i sangbogen. Men hvor der er en vilje, er der også en vej. Merci skrev sangene af i et samlehæfte og skrev dem med en letlæselig formskrift, og hun satte også akkorder på. Når hun i god tid fik at vide, hvilke sange vi skulle synge, så kunne hun skrive dem af og øve sig i at synge og spille dem.

En dag vi kom til Kanazu fra Maruoka, var vejen spærret af vand. De sidste tre dage af regntiden øsregnede det hele dagen. Det var med til at smelte det sidste sne på bjergtoppene, og det gav så meget vand, at vandet steg i floden, så den løb over sine bredder. Ad sideveje kunne vi dog komme hen til kirken, og det viste sig, at så langt var vandet ikke nået.

Else og Botho kom tilbage fra Danmark for at hente deres ejendele, da de ikke havde fået opbakning, så de kunne komme ud i en ny periode. Vi gik så i gang med også at gøre køkkenet i stand, og det lykkedes også at få et pænt køkken ud af det. Efterhånden var vi klar til at flytte til Kanazu, hvor vi kom til at bo i ca. 20 år. Da vi fik vore møbler anbragt, og vore billeder hængt på væggene, blev det til vores hjem. Merci er god til at gøre det hyggeligt, hvordan vi end bor.

Kanazu var en lille industriby, der med de omliggende landsbyer havde ca. 20.000 indbyggere. Den er nu blevet sammenlagt med hotelbyen Awara. Kanazu evangeliske kirke ligger omtrent midt i byen. Rundt om den ligger der store templer, og befolkningen vågede over hinanden, så naboerne holdt øje med, hvem der kom i vores kirke. Vi havde et annonceskab ud mod vejen. I det skab havde vi foruden oplysninger om vore møder, også et bibelvers, der blev skiftet ud en gang om ugen, så forbipasserende kunne får evangeliet ved at læse dem. Den første tid var de håndskrevne, og vi kunne høre, at skolebørn, der gik forbi, læste dem højt. De skulle vel se, hvad udlændingene skrev med deres kluntede skrifttegn. Skolebørnene samledes i grupper og fulgtes ad til skole. Efter skoletid havde de klubber i skolen, så man så ikke børn på gaden, og derfor var vore børn ret ensomme. Merci fortsatte med at undervise vore børn. Der var et værelse, der lige passede til at være skolestue. Bodil var nu så gammel, at hun skulle til at gå i 1. kl., så Merci nu havde tre elever. Annette var kommet så langt, at hun skulle have undervisning i engelsk og fysik og historie. Det måtte jeg tage mig af. Til gengæld for den tid, jeg brugte til undervisning, gjorde pigerne gavn i vort arbejde. Merci holdt børnemøder, og på grund af, at det var spændende at komme hen til de udenlandske piger, fik vi samlet en del børn til disse møder. Det var lidt vanskeligt for Merci med sproget; men hun brugte det, som japanerne kalder "kamishibai", altså papIrteater. Merci havde nogle plancher, hvorpå der var tegninger af bibelske beretninger, og bag på planchen var beretningen så skrevet på japansk med vor bogstaver, så

Merci kunne læse teksten, mens børnene så på billedet. På samme måde kunne hun lære dem søndagsskolesange. Noget, der var sjovt at se for os udlændinge, var det, at alle børnene tog deres sko af, når de gik ind i kirken, og så kunne det være vanskeligt for dem at finde deres egne sko, når de skulle hjem.

Vi havde en ung mor i menigheden. Hendes lille pige, Maki, på seks år havde en tid ingen madlyst, så hun var ved at blive svagelig, men de opdagede, at hun vældig godt kunne lide det rugbrød, som Merci bagte, så Merci begyndte at bage et rugbrød til hende hver uge, og det fortsatte hun med resten af den periode, indtil vi skulle en tur til Danmark på orlov.

Vi kom hjem på orlov i sommeren 1983. Nu skete det, at Merci måtte til læge, så snart vi var kommet hjem til Danmark. Lægen sendte hende direkte til sygehuset i Herlev, hvor de mente, at hun helt sikkert havde kræft og skulle opereres snarest muligt. De havde endog fastsat dagen, hvor hun skulle opereres. Vi spurgte lægen, om det var muligt, at Merci kunne tage med til Vejle lørdag og søndag for at besøge min mor, da hun jo ikke havde set os i fire år. Men det kunne ikke lade sig gøre. Merci insisterede så på, at jeg skulle rejse til Vejle med børnene, for min mor ventede jo på os. Sådan blev det så. Børnene og jeg fik lov at overnatte i min onkels sommerhus. Da jeg gik i seng den aften, var mine tanker hos Merci. Vi synger i en sang: "Lær mig at bede Gud, lær du mig bøn." Når man er i alvorlig nød, så får man lært at bede inderligt til Gud. Hen på natten fik jeg en følelse af fred i, at alt ville komme i orden, og at Merci snart ville være rask igen. Merci havde bedt sin far om forbøn, og han kom sammen med en ældstebroder fra menigheden, og de salvede hende efter Bibelens anvisning med olie og bad for hende. (Jak.5,14-15). Et par dage efter kom lægen og sagde, at der ikke var spor af kræft i hende; men for at modvirke den svaghed, der var skyld i hendes lægebesøg, fik hun en mindre operation, og så kunne hun snart efter udskrives fra hospitalet.

Vi skulle bo i Albertslund, og fik så vore møbler, som havde været opbevaret i fire år, til vores nye lejlighed. Børnene blev tilmeldt byens skole, og dermed var Merci fri til at foretage sig noget andet end at undervise. Hun valgte at tage på japansk kursus på Københavns Universitet. Ud over dette hjalp vi til i vor menighed på Worsåesvej med møder, og hvad der var af forefaldende praktisk arbejde. En af de ting, Merci blev bedt om, var at male et maleri. De havde et maleri hængende i forgangen til mødesalen af den vogn, som menighedens grundlægger, Sigurd Bjørner og hans hustru Anna Bjørner Larsen havde boet i, når de rejste rundt og holdt møder i landsbyer, for at gøre det klart for mennesker, at de måtte tro på Jesus for at blive frelst. Anna Bjørner Larsen var på den tid regnet for at være den dygtigste skuespiller i Danmark, og hun havde en meget fin sangstemme, så hvem ville så ikke hen og høre hende? En ældstebroder i menigheden, der var maler, malede et maleri af deres vogn, men efterhånden var maleriet blevet lidt medtaget, og da menigheden gerne ville bevare mindet om menighedens stifter, så kom de til Merci og bad hende om at male et nyt maleri i samme størrelse. Merci påtog sig arbejdet, og resultatet kan man stadig se, da maleriet hænger på væggen lige oven for kældertrappen.

Tiden for vor anden udrejse kom, og vi rejste denne gang med Singapore air line, via Singapore til Japan. Vi oplevede at rejse vinterklædt fra et koldt forår i Danmark til varmen i Singapore, hvor folk gik sommerklædt.

Ankommet til Kanazu gik vi bare ind i det daglige arbejde igen. En af fornyelserne var, at Annette havde lært at spille på orglet så godt, at hun kunne spille til sangene på møderne. Hun klarede det endog så godt, at Morita, der var forstander for Maruoka menighed, bad hende spille ved en begravelse, som han skulle forrette. Så der sad den femtenårige Annette og spillede på et fremmed orgel omgivet af sortklædte japanere, som hun ikke kendte; men det forløb godt.

De japanske skolebørn gik til en eller anden klub efter skoletid, derfor var der ingen børn på gaden, som vore tre piger kunne lege med. Merci syntes, at de var lidt ensomme, så hun fik den ide, at de skulle have en hund. Vore norske venner, Olaug og Aslaug, der var missionærer i Fukui, havde to hunde, en han og en hun, så vi bestilte en hvalp hos dem. Få timer efter, at hunden havde fået hvalpe, fik vore piger lov til at vælge den, de helst ville have, og så snart den var stor nok til at komme fra moderen, fik de den med hjem. Den fik navnet, Lassie. Vi fik den ordning med vore venner, at når vi skulle til Danmark, skulle de passe Lassie, og når de skulle til Norge, skulle vi passe deres to hunde, Snoopy og Oliver. Hunde skal luftes. Det blev Mercis opgave, at gå morgentur med Lassie. På disse ture mødte hun andre hundeejere, der var ude i samme ærinde, og de var lette at komme i snak med. Men hvis Merci begyndte at tale til dem om Jesus, så kom de pludselig i tanke om, at de havde forpligtelser hjemme, og at de havde travlt.

Lassie var kridhvid. Den var en glad og mild hund. Kun én gang knurrede den ad Bodil. Annette, Joan og Bodil lavede hvert år et eller andet til vor bryllupsdag, den 10. maj. Et år lavede de en maleriudstilling. De havde forberedt det i al hemmelighed. Først ved aftensmaden røbede de, at vi skulle ud til noget om aftenen. De fik arrangeret, at de skulle ordne noget, og vi måtte love ikke at komme ud i køkkenet. Imens hængte de en række farvelagte tegninger op rundt om i to værelser, og Bodil var klædt ud som kustode med et lille skæg. Hun gik og fejede udenfor udstillingslokalerne, altså i vores entre. Da Lassie så denne fremmede mand i vores entre, blev den så gal, at den gøede arrigt ad hende. Den blev noget flov, da den opdagede fejltagelsen. Udstillingen var virkelig flot. Det er en skam, at de havde lavet disse akvareller og farvelagte tegninger på papir, så de ikke kunne opbevares i længere tid. I et hæfte havde de lavet en gengivelse af de forskellige billeder med beskrivelse af hvert motiv og hvem, der havde tegnet og malet det. For at gøre det fuldkommen, havde de også gengivet nogle af motiverne som postkort, der var opstillet til salg. Det var et eksempel på, hvordan de i en lille skole kunne have gruppearbejde.

I Japan er der meget varmt i ca. to måneder om sommeren, og på grund af regntiden umiddelbart før varmen kommer, er det en meget fugtig varme. Derfor var vi også glade for at låne vore norske venners sommerhus i Karuizawa et par uger. Karuizawa ligger ca. 1000 m over havet og har et behageligt varmt klima. Børnene var jo kendt i området fra dengang, vi boede der.

Der var en slags fritidshjem med en stor legeplads. Alle børn kunne komme der. Vore piger var meget glade for at komme der. Vi var altid rolige ved at lade dem færdes, hvor de ville, bare de var hjemme ved spisetid. En dag var Merci og jeg gået en tur op på en bjergtop, hvor der var vid udsigt ud over Karuizawa. Pludselig opdagede vi, at vi var sent på den, hvis vi skulle være hjemme ved spisetid, så vi fik travlt med at komme hjemad. Vi måtte løbe noget af vejen, og et par gange, hvor vi kunne se vejen nedenfor, hvor vi var, løb vi direkte ned ad bjergskråningen, og nåede hjem til tiden. Vi havde jo forlangt, at pigerne altid skulle komme hjem til tiden

En sommer, hvor vore norske venner var i Norge, havde vi sommerhuset i den varmeste tid. Vi ville dog ikke undlade at have møde i Kanazu om søndagen, så vi kørte pigerne til Karuizawa, de fik penge til mad, og så kørte vi hjem igen for at passe vort arbejde. Det var nu ikke så farligt, at lade dem være alene. Sommerhuset var bygget sammen med et andet sommerhus, der også ejedes af norske missionærer, og der boede vore danske kollegaer, så der kunne de henvende sig, hvis det blev nødvendigt. Merci og jeg ventede forgæves efter mødedeltagere den søndag formiddag. Derfor låste vi dørene og kørte de 400 km til Karuizawa igen, og så holdt vi sommerferie.

*Det er vanskeligt at
komme til tops…*

... men hvis man ikke giver op,
så når man sit mål.

Da efteråret kom, skulle Merci, samtidigt med at hun underviste børnene og sørgede for husholdningen, sy børnenes tøj. Hun syntes, at det var rigeligt arbejde og ville gerne have syningen overstået. Hun spurgte derfor, om børnene kunne få fri fra skole et par dage, mens hun syede; men som den strenge skoleleder jeg var, var svaret: "Nej". Jeg var fast besluttet på, at børnene skulle have det lovpligtige antal skoledage, og Merci bøjede sig for det og gjorde dagene lidt længere og fik også det syet, som hun skulle. Nu skal det siges, at Merci er ikke en veg og underkuet kvinde. Når hun kommer med et rimeligt ønske, så giver hun sig ikke, selv om hun får nej i første omgang. Hun trængte også selv til nye kjoler, så hun sprættede en gammel kjole op, og brugte den som mønster til en ny. Det var dog ikke nok med én kjole, så hun bad til Herren, om han ikke nok ville sende hende nogle kjoler, idet hun bad: "Herre du ved, hvilken størrelse og stof, jeg bruger, og hvilken stil der passer mig bedst." Nogle dage senere kom der en pakke fra Norge, der indeholdt 10 kjoler, der passede Merci, som om de var syet til hende, og de var endog syet i Danmark på en fabrik, hvis design hun tidligere havde brugt. Ved at se på datoen, hvor pakken var sendt fra Norge, kunne vi se, at den var sendt fra Norge, førend Merci havde bedt om kjolerne. Der står i Bibelen: (Es.65,24) "Førend de kalder, svarer jeg; endnu mens de taler, hører jeg."

Vi var kommet så langt, at vi kunne finde et nyt sted, hvor vi kunne holde møder, samtidigt med at vi passede vort arbejde i Kanazu. Vi fik lejet en sal i en lille by, hvor der på grund af varmekilder var mange hoteller. Byen, der lå i en dal omgivet af bjerge, hed Yamanaka. Vi havde møder hver anden søndag eftermiddag. Nogle dage før hvert møde delte vi traktater og indbydelser ud. Det var oftest Bodil, der var med på disse ture. Vi brugte at gå på hver side af gaden og lægge indbydelser i postkasserne. Hvis der var en lille sidegade, tog vi lige en lille afstikker for at lægge indbydelser i de postkasser, der fandtes der. Engang jeg kom tilbage fra en sådan afstikker, stod Bodil omringet af kimonoklædte damer. De ville vide, hvordan det kunne være, at der pludseligt stod en lille lyshåret pige med blå øjne der midt på gaden i deres by. Det havde de sandsynligvis ikke oplevet før. Trods alle anstrengelser fik vi ingen varige kontakter der.

Annette var efterhånden kommet så vidt, at hun var færdig med 10. kl. og skulle til at begynde i HF. Vi ville gerne, at hun kunne blive hos os så længe som muligt, så vi undersøgte, om det var muligt at tage HF eksamen ved selvstudie. Vi måtte bede venner i Danmark om hjælp til at finde et sted, hvor der var en skole, der ville samarbejde med os. Det blev Mercis fætter, Henning Olsen og hans hustru, Lone, som bor i Herning, der fik det ordnet for os. Hun tog første års HF pensum pr. selvstudium i Japan, men skulle tage første års eksamen i Herning. Det blev da også grunden til, at vi i 1988, da vi igen skulle hjem på orlov, kom vi til at bo i nærheden af Herning. Vi fik lejet et sommerhus i Sunds i nærheden af Sunds Sø. Imens Annette gik på HF kursus i Herning, gik Joan og Bodil i skole i Sunds. Ved indmeldingen sagde inspektøren henvendt til pigerne: "Nu bliver det rart for jer at komme i en rigtig skole." Lærerne måtte dog hurtigt indrømme, at Joan og Bodil var længere fremme i indlæringen end deres klassekammerater, der hele tiden havde gået i en "rigtig skole". Annette klarede sin eksamen, og så var der en dejlig lang sommerferie. Annette, der ikke skulle med til Japan igen, skulle på Pinsevækkelsens Højskole i Mariager, da vi mente, at det var den bedste overgang for hende, så hun ikke følte sig helt alene, når vi rejste fra hende. Joan og Bodil oplevede at komme på lejrskole efter sommerferien, og der fik de at mærke, at de ikke var vokset op under samme kultur, som de andre. Det var ikke nogen særlig rar oplevelse. Merci og jeg skulle en tur til Bornholm for at besøge de bornholmske menigheder, så vi besluttede at melde Joan og Bodil ud af skolen og tage dem med til Bornholm. Inspektørens afskedshilsen var: "I kan sige til jeres forældre, at det har de gjort godt." Efter turen til Bornholm gik rejsen så tilbage til Japan, hvor vi skulle vænne os til, at familien var blevet mindre. Ved møderne var det nu Joan, der sad ved orglet. Bodil var nu 13 år, og Maki var ca.14. Maki havde fået en veninde med, og en tredje ung pige var også kommet med i menigheden, så da de fik lært at spille guitar, blev de til et helt kor.

Vi havde stadig Annette i tanken. Hun havde i den tid, hun var på højskolen ikke megen forbindelse med familien; men hun var blevet gode venner med en pige fra Næstved, så da hun var færdig med højskolen, rejste hun til Næstved, hvor veninden kom fra. I Næstved fik hun lov at bo på et værelse i pinsemenighedens ejendom, ligesom hun også fik lov at benytte sig af menighedens køkken. Hun gjorde nu som planlagt sin HF uddannelse færdig. Da det var gjort, havde hun tanke om at tage på seminariet i Haslev; men da hun var meget ensom, besluttede vi, at hun kunne komme over til os. Hun kunne jo hjælpe med Joans og Bodils undervisning.

Merci i sit køkken i
Kanazu

Vi begyndte i den tid, at kontakte de små landsbyer, der hører under Kanazu. Vi lejede deres forsamlingshuse og gik et par dage før mødet rundt med traktater og indbydelser til mødet. Det var dog kun få, der kom til møderne. Alle i landsbyen ville jo vide dagen efter, hvem der havde været der. Der skal mod til at bryde de buddhistiske bånd. Da både Annette og Joan måtte rejse hjem, for at de kunne få deres uddannelse, måtte vi også opgive denne mødevirksomhed.

Annette begyndte på sin læreruddannelse på Haslev Seminarium, og Joan på HF-kursus på Næstved Gymnasium.

Da vi var i Danmark i 1991 boede Annette og Joan i en lejlighed i Næstved. Bodil kom på efterskole i Mariager, hvor hun fik 10. klasses eksamen. Merci og jeg boede i en lejlighed i København., hvor vi deltog ved Evangelie-forsamlingens møder. Det var jo den menighed, der havde ansvaret for os. Forstanderen sørgede for, at vi i vinterens løb kom rundt til næsten alle pinsekirker i Danmark, så vi fik anledning til at møde mange mennesker og til at gøre vort arbejde i Japan mere kendt.

Julefesten er endt – gæsterne er
gået – tilbage står Merci alene med
opvasken.

Da vi rejste til Japan igen i foråret 1992, havde vi kun Bodil med os, og det var kun for to år, da hun skulle begynde på HF-kursus. I de to år virkede hun nærmest som evangelist, da hun jo var færdig med skolen. Hun var en stor hjælp ved børnemøderne, hvor hun virkede som tolk for Merci. Pladsen ved orgelet var blevet tom. Da vi ikke havde Joan med, var det nu Bodils tur til at spille ved møderne. Vi tænkte lidt på, hvordan vi skulle klare os, når Bodil rejste; men vi behøvede ikke bekymre os. Der var en familie, der var flyttet til Kanazu, og de blev optaget i vor menighed. Hustruen var musiklærer, så hun kunne overtage musikken efter Bodil.

I denne periode skete det, at de fleste pinsemenigheder i København sluttede sig sammen til én menighed. Vores største støttemenighed, Buddinge menighed, var blandt dem, der var med i sammenslutningen, og dermed opsagde de deres forpligtelser til os. Evangelieforsamlingen, der fortsatte som selvstændig menighed, havde ikke økonomisk mulighed til at yde det mere til vort underhold, så de bad os komme hjem. Bodil var rejst hjem før os, for at begynde på HF kursus i Næstved. Hun havde den fordel frem for sine to søstre, at hun ikke skulle søge efter et sted at bo, hun kunne bare flytte ind hos dem. Selv om vi blev kaldt hjem, opgav vi dog ikke håbet om, at vi kunne fortsætte vores gerning i Japan, så vi lod vore ting blive der, som vi plejede at gøre, når vi rejste på orlov. Da vore døtre boede i Næstved, endte vi også der, da vi ønskede at bo i nærheden af dem. Vi fik lejet en lille lejlighed. Det var en dejlig lille lejlighed, men den havde sine ulemper, blandt andet støj fra naboer og underboer. Specielt i lejligheden i etagen under os havde de af og til ungdomskomsammen. Når vi hørte, at der tit blev ringet på dørklokken dernede en fredag aften, så tog vi telefonen og spurgte vore døtre, om det var i orden, at vi kom og sov hos dem om natten, Det var da en måde at redde nattesøvnen på.

Sommeren gik, og vi vidste ikke, hvad vi skulle gøre for at komme til Japan igen; men vi fik en speciel opmuntring denne sommer. En mand fortalte os, at han som tolvårig havde oplevet, at de i hans hjem havde haft besøg af kinamissionær Fullerton og hans hustru, og sammen med dem var der en ung pige på 25 år, der skulle med til Kina som missionær. Denne unge pige, Ketty Nielsen, blev Mercis mor. Den tolvårige dreng beundrede den unge pige, at hun havde mod til at rejse til Kina. Han inviterede os til at besøge sig, og efter en hyggelig aften gav han os ved afskeden en konvolut. Stor var vor overraskelse, at der var penge i konvolutten, og der var nok til flybilletter til Japan.

En aften ringede telefonen. Det var en af vore venner fra Fredericia, der lige ville fortælle os, at der er en lov om, at

71

man kan søge om at få et års tilskud til vort arbejde, hvis man deltog i nødhjælpsarbejde eller anden form for socialt arbejde i udlandet, derunder også evangelisk arbejde. Jeg gik først på bibliotekets læsestue og fandt den lovparagraf, så jeg kunne henvise til den, når jeg talte med en sagsbehandler på borgerservice på Næstved kommunekontor. Det var en venlig dame, jeg talte med; men hun kunne ikke afgøre noget, så jeg fik et tidspunkt, hvor jeg kunne komme igen, og få nærmere besked. Ved næste besøg var den første meddelelse, jeg fik, ikke særlig opmuntrende, for de syntes ikke, at det var en god løsning for os, at få et års tilskud til vort arbejde. Deres forslag var straks bedre. De foreslog, at både Merci og jeg fik førtidspension. Jeg spurgte forsigtigt, om det var muligt for os, at tage pensionen med til Japan, for som jeg sagde: "Det er ikke nok at have noget at leve af, man må også have noget at leve for." De beløb, vi fik, var lige tilstrækkeligt til, at vi kunne leve af det i Japan. Vi troede så, at vore problemer nu var ovre, men på den japanske ambassade fik jeg at vide, at selv om jeg i Japan var registreret som leder af en menighed, så skulle jeg have en indbydelse fra en japansk menighed, at de ønskede os derover, og en garanti fra en dansk menighed, der garanterede for, at vi underviste i de retningslinjer, som de havde, og at vi havde penge til rejsen tilbage til Danmark. Vi skrev så til

Ole Sørensen, der i den tid var ledende ældste for menigheden i Haderslev, og spurgte, om Haderslev menighed ville stå som udsendermenighed for os, idet vi gjorde det klart for ham, at det ikke skulle blive en økonomisk belastning for menigheden, fordi vi selv kunne klare alle udgifter. Vi vidste, at Ole og hans hustru, Thea, var meget interesseret i missionen i Japan. Theas moster, Anna Bruun, havde været missionær i Japan i mange år, og de havde begge været på besøg i Japan i nogle uger. Ole Sørensen kunne kun love, at han ville lægge det frem for menigheden ved et kommende menighedsmøde. Men der kunne gå en tid, inden de havde sådant et møde. Vi syntes ikke, at vi kunne vente så længe, så vi tog til Japan på turistvisa. Vi rejste den første søndag i februar måned, og vi vidste, at menigheden netop den dag havde vor sag fremme. Medens vi ventede på lufthavnen, telefonerede jeg til Ole Sørensen og fik at vide, at menigheden var gået ind for at være udsendermenighed for os, og vi kunne så begynde at søge om visa, og vi kunne dermed fortsætte vor gerning i Kanazu.

Da vi kom til Kanazu, viste det sig, at et ungt, japansk ægtepar fra et andet "kristent" samfund, der lærte noget, som vi ikke kunne acceptere, var begyndt at komme til møde i vores kirke, og til gengæld inviterede de vore medlemmer til deres møder. Det var på tide, at vi kom tilbage, så vi kunne få standset dette samarbejde, sådan at vi kunne lede vor menighed efter en ren bibelsk lære.

Tre måneder går hurtigt. Vi havde hørt, at en norsk missionær havde fået forlænget sit turistvisum, så det regnede vi med, at vi også kunne få. For at få det i orden kørte vi til nærmeste emigrationskontor. Der fik vi at vide, at det ikke kunne lade sig gøre. I alle tilfælde så måtte vi henvende os på hovedkontoret i Nagoya. Vi kørte så videre dertil; men vi fik at vide, at der ikke forelå nogen aftale mellem Danmark og Japan, der gav ret til det. Nu fik vi travlt. Vi havde returbillet med Sydkorea Airline, men vi skulle have en dato på for vor hjemrejse indenfor en uge. Vi vidste, at Sydkorea Airline havde et kontor på Nagoya lufthavn, så vi kørte dertil. De havde ingen ledige pladser på deres fly indenfor den tidsperiode, alt var overbooket, fordi de af erfaring vidste, at der altid var nogen, der faldt fra. De lovede at telefonere, når der blev noget. Vi kørte hjem for at pakke, og vi gik i spændt forventning om, hvad der nu ville ske. Men heldigvis, et par dage før afrejsen kom der besked om, at der var plads til os på flyet. Og så var vi pludselig på vej hjemad igen.

Denne gang kom vi til at bo i Haderslev i menighedens forstanderbolig. Vi kunne ikke gøre andet end at vente på, at vi kunne få visa, og det tog tre måneder. I den tid fik vi lært vennerne i Haderslev bedre at kende. Endelig fik vi alt i orden, sådan at vi i 1995 igen kunne rejse til Japan og fortsætte vor gerning der, og denne gang kunne vi selv bestemme, hvornår vi ville rejse hjem for at besøge vore døtre. Annette var blevet læreruddannet, og Joan og Bodil studerede japansk på Københavns Universitet.

I sommeren 1997 kom vore tre døtre på ferie hos os. Det vi husker bedst fra den tid, var Joans og Bodils afrejse. Annette, der gik på seminariet i Haslev, havde ikke så lang ferie som Joan og Bodil, derfor var hun rejst hjem før de to andre. Da Joan og Bodil skulle til Danmark. besluttede Merci og jeg, at vi ville holde nogle dages ferie efter at have kørt dem til lufthavnen i Narita. Narita ligger ca. 65 km nord for Tokyo. Deres fly skulle afgå en mandag formiddag kl.10.45, så de skulle være i lufthavnen kl. 8.45. Da vi nødvendigvis skulle igennem Tokyo, hvad der godt kan tage et par timer i myldretiden, blev vi enige om at køre til en lille by nord for Tokyo om søndagen og overnatte på et hotel.

Det gik da også godt, indtil vi kom til en udkørsel ca. 40 km syd for Tokyo. Der var motorvejen spærret, og alle biler blev ledt ned på en almindelig vej, hvor der holdt biler parkeret på begge sider af vejen, hundredvis af biler. Vi var ikke klar over årsagen. Vi kørte så ad en landevej, der førte ind mod Tokyo, men vi havde ikke kørt langt, før vi blev standset og vi fik at vide, at vejen var spæret på grund af kraftig regn. Vi vendte om og var ved at finde et sted, hvor vi kunne parkere ligesom alle andre, men ligesom jeg var ved at stanse, fik jeg den indskydelse, at hvis vi stoppede der, så ville vi snart være låst fast i trafikken uden at vide, hvornår vi kunne komme videre. Nu vidste vi, at der var en anden motorvej ca. 20 – 25 km længere mod nord, så vi satte kursen mod den. På vej dertil kom vi gennem en by, og vi fik den tanke, at det måske var bedst, at Joan og Bodil tog med toget, når vi ikke kunne komme igennem med bilen. Det viste sig, at al togtrafik også var indstillet. Da vi nåede den anden motorvej kunne vi se, at den også var lukket. Vi kørte så ad en almindelig landevej mod Tokyo; men den var blokeret af biler. De kørte med mellemrum et lille stykke vej, og så stoppede de igen, og så kunne det tage 5 til 10 minutter, inden de kørte igen. Det var ved at være midnat, og jeg havde siddet ved rattet i ca. 12 timer, så jeg standsede motoren, når vi holdt stille. Hver gang vi stoppede, lagde jeg mig fremover rettet og sov, indtil Merci vækkede mig, og så kørte vi, indtil bilerne foran os stoppede igen. Sådan fortsatte det hele natten. Vi begyndte at tænke på, hvordan Joan og Bodil skulle komme hjem, hvis de ikke nåede deres fly. Skulle de så betale nye billetter? Da klokken nærmede sig 5, var vi enige om, at der skulle et mirakel til, hvis vi skulle nå det.

Men pludseligt begyndte bilerne at køre. Vi kom til et sted hvor vi kunne se motorvejen, og der kørte nogle biler, så den var altså åben. Vi havde ikke kørt langt, førend vi kom til en sidevej, der førte hen til indkørselen til motorvejen, og snart gik det med så stor en hastighed, som loven tillader mod Tokyo. I Tokyo var vejene næsten tomme, så inden vi så os om, var vi igennem byen og på vej mod Narita. Vi var endog så tidlig på vej, at vi havde tid til at køre ind på en rasteplads, så vi kunne få lidt morgenmad. Da vi nåede Narita og havde fået parkeret bilen og var kommet ind i afgangshallen, var klokken lige nøjagtig 8.45, altså to timer før afgang. Vi kunne så takke Gud for hans ledelse og hjælp i denne vanskelige situation.

Grunden til vejspærringerne var, at der var en meget kraftig tyfon på vej ude over Stillehavet. Meteorologerne mente, at den ville ramme Tokyo, og derfor ønskede myndighederne ikke, at byens veje skulle blive spærret af de mange biler, der var på vej ind mod Tokyo. Tyfonen drejede af ud over havet, og der kom ikke en dråbe regn i Tokyo. Vi fik vore piger sendt rettidigt af sted, og så holdt vi et par dages ferie i byen, Inuyama, som vi havde planlagt.

I vinterhalvåret 1998-1999 havde vi Joan hos os. Hun tog en pause fra universitetet i København, hvor hun studerede japansk og søgte ind på universitetet i Fukui. Da hun selv skulle betale undervisningen dér, måtte hun nøjes med et halvt år. Samtidigt kunne hun også arbejde på at skrive sit speciale, som hun skulle aflevere til Asien Instituttet i København.

Vi havde aftalt, at vi skulle tage en tur til Danmark samtidigt med, at Joan skulle hjem. Den 9. marts, på Mercis fødselsdag, tog vi en tur sydpå langs kysten. Det er altid en nydelse at færdes i den japanske natur; men som et særligt samtaleemne denne dag, kan jeg nævne, at Merci og Joan sad og snakkede om, at Bodil havde valgt musik som sidefag på universitetet. Det ville betyde, at hun skulle øve sig på klaver og på solosang. I deres lille lejlighed på Østre Ringvej i Næstved kunne naboerne og dem, der boede ovenpå, ikke undgå at blive forstyrret af hendes øvelser. Joan sad så og fik den ide, at de tre søstre kunne købe et hus i fællesskab. Det var en god løsning, men hvis de skulle til at se på hus, ville det tage for meget af deres tid og tanker lige inden en eksamens-periode, så både Merci og Joan lovede, at de ikke ville nævne noget om ideen, inden eksamen var overstået. Nogle dage senere ankom vi til Danmark, og blev hentet på lufthavnen af Annette og Bodil. Da vi om aftenen sad ved aftenskaffen, begyndte Bodil at tale om at købe hus. Det viste sig, at hun og Annette allerede var begyndt at se efter hus, og de havde endog haft kontakt med en ejendomsmægler. Merci og Joan havde holdt ord. De havde ikke begyndt at tale om huskøb, og så var vi alligevel i fuld gang med at se på hus til dem. Det første hus, vi så, lå bare et par hundrede meter fra det sted, de boede, på en sidevej, der hed Rosenvej, og huset var nr. 3. Vi nøjedes i første omgang med at se det ude fra vejen. Huset, der var pudset med et ujævnt lag cement, var gråt. Taget var rødt tegl. Hoveddøren var i gavlen, og der var et indgangsparti lavet af brunmalede brædder og matte glasruder. "Damernes" dom var straks: "Farverne er forfærdelige sammen". Min kommentar var: "Det er ellers et godt hus". Når der var tid til det, var vi sammen med ejendomsmægleren rundt i omegnen for at se på huse, der var til salg. Der var mange huse, men hele tiden var der et eller andet, som vi ikke syntes om, så vi besluttede at se huset på Rosenvej 3 indvendigt. Det gav os et helt andet syn på huset. Jeg tror, vi alle følte, at vi kunne føle os hjemme der. Vore døtre købte huset til overtagelse 1. november; men inden den tid var Merci og jeg rejst til Japan igen.

Vi havde efterhånden en pæn lille menighed i Kanazu. Der var flere unge mennesker med børn, der sluttede sig til menigheden. Blandt andet et ægtepar, der havde to drenge på 12 og 14 år. Merci beklagede sig en dag i søndagsskolen over, at hendes japansk var så dårligt, men den tolvårige trøstede hende med, at det også var vanskeligt selv for japanere at lære at japansk.

I året 2000 søgte Bodil et japansk stipendium, der lød på et år på et af Japans universiteter, med rejse og ophold betalt. Bodil fik det og søgte så om, at komme ind på Kanazawa universitet, for så kunne hun bo hos os i Kanazu og pendle til universitetet. På universitetet anbefalede de hende, at hun fik et kollegieværelse ved universitetet, da der ofte er megen sne om vinteren. Bodil lejede værelset, men brugte det kun af og til, oftest boede hun hos os. Det gav os en god hjælp i arbejdet. Bodil fik allerede som lille pige kald til at blive missionær i Japan, og det arbejdede hun målrettet på at blive.

Til stipendiet hørte der også penge til ture i Japan, for eksempel til Kyoto og til andre turiststeder, og hun havde ikke noget imod at have os med på disse ture. Vi havde ikke været så mange steder i Japan, da vi ikke brugte penge på rejser i den tid, vi var underholdt af menigheder. Vi havde en god tid sammen med Bodil, og Merci havde igen en god tolk, når hun holdt børnemøder. I den tid, Bodil var på universitetet, hentede eller bragte vi hende af og til, og fik derved en del berøring med byen. Det mest berømte sted i byen er en 300 år gammel park, der vel overgår alle andre parker, vi har set, og det har været et af vore udflugtsmål, at komme dertil, især når kirsebærtræeerne blomstrede. Det var vel også i den tid, at Bodil blev klar over, hvor hun skulle arbejde som missionær, når hun var klar til det. Der var ca. 10.000 studerende på universitetet, og det er næsten fordoblet siden. De studerende bor i kollegielejligheder neden for den bakke, som universitetet ligger på. Det blev Bodils håb, at hun kunne få et sted der, hvorfra hun kunne samle nogle af de mange unge til møder.

Alting har sin afslutning, og det havde Bodils tid på universitetet også. Vi var med ved holdets afslutningsfest, inden vi måtte tage afsked med hende på lufthavnen.

En dag kom Morita, forstanderen for Maruoka menighed, og besøgte os sammen med en mand, som han ville præsentere for os. Han hed Sugawara, og han var ingeniør. Han havde gennemgået et bibelkursus, da han gerne ville virke som prædikant. Han og hans hustru var flyttet fra Kyoto til Komatsu, hvor hustruen havde arvet et hus efter sin far. De ønskede at blive boende i Komatsu, men de ønskede, at virke med i det evangeliske arbejde i Kanazu. Vi blev dog hurtigt klar over, at det kun var som prædikant, at han ønskede at hjælpe. De lagde ikke skjul på, at de ønskede at overtage forstandergerningen i Kanazu, når vi trak os tilbage. Jeg nærmede mig 70 år. I første omgang blev det til, at han fik lov at tale én onsdag aften hver måned.

Mens vi var hjemme i Danmark i vinteren 2001-2002, nød vi at bo sammen med vore døtre i deres hus på Rosenvej 3; men vi følte ikke, at vi var færdige i Japan, og vi havde lovet vore venner i menigheden, at vi kom tilbage igen. Nu skulle man tro, at det var mig, der har kald til at virke i Japan, som absolut ville af sted igen; men det var lige så meget Merci, der ønskede at komme derud igen. Der var i den tid, vi havde virket som missionærer, kommet mange enslydende profetier om, hvad der skulle ske gennem vort arbejde. Det syntes vi ikke var gået i opfyldelse. Vi rejste altså til Japan igen, selv om jeg var 70 år, for at fortsætte vort evangeliske arbejde. Der var dog dette, at Sugawara var syg efter at komme i gang i Kanazu. Han kom endog og spurgte, om han kunne få lov at tale på nogle søndagsmøder. Vi anbefalede ham at begynde et nyt sted. Der er nok af områder, hvor der ikke er noget evangelisk arbejde i gang; men han var af den opfattelse, at pionerarbejde var missionærernes opgave. Når der så var oprettet en menighed, så kunne japanerne overtage arbejdet. Det endte med, at vi pakkede vore ting og overlod Kanazu menighed til ham. Vore venner fra menigheden mødte op på busterminalen i Fukui for at tage afsked med os, da vi tog med natbus til Tokyo.

Vel ankommet til Rosenvej 3 begyndte vi at tale om, hvor vi skulle bo. Vi ønskede at bo i nærheden af vore tre døtre, så vi tænkte på at købe et hus i samme bydel af

Næstved. Ret hurtigt kom Bodil ind på, at hun ønskede at komme på Assemblies of God's bibelskole i Belgien. Problemet var blot det, at hun havde andel i huset og dermed også i dets økonomi. Men så begyndte de to andre at stemme i med, at de ønskede et år på bibelskolen I.B.T.I. i England, men de var jo også bundet af huset. Det blev der dog hurtigt en løsning på. Vi købte huset, og de fik penge til at betale deres ophold på bibelskolerne. Huset var jo stort nok til, at vi kunne bo der hele familien, indtil de skulle rejse henholdsvis til England og til Belgien.

Pinsemenigheden og Den apostolske Kirke i Næstved, er slået sammen til én menighed i Sjølundkirken. Der er vore døtre medlemmer, og vi fulgte med dem til møde om søndagen. Der brugte de at begynde deres møder med lovsang de første tyve minutter akkompagneret af kraftig piano og guitarmusik. Merci havde problemer med hørelsen. Hun fik ondt i hovedet af musikken og måtte gå udenfor, indtil lovsangen endte. Under prædikenen talte prædikanten ret lavt. Han havde jo mikrofon på, så han behøvede jo ikke at hæve røsten for at blive hørt; men højttaleren var ikke skruet højt nok op til, at vi kunne opfatte, hvad der blev sagt. Vi var måske ved at være lidt tunghøre. Vi fik ikke noget ud af møderne, så vi besluttede at holde møde hjemme hos os selv.

Vi var jo missionærer, selv om vi var i Danmark, så det var naturligt for os, når vi snakkede med naboerne, at komme ind på spørgsmålet om at tro på Jesus. Især Merci kunne ikke godt undlade at komme ind på emnet, når hun havde mulighed for det; men vore naboer i Danmark reagerede på samme måde, som japanerne gjorde. De kom i tanke om noget, som de skulle gøre i stedet for at stå og snakke. Merci spurgte så: "Kan vi ikke have en opslagstavle, hvor vi kan skrive et ord fra Bibelen, ligesom vi havde i Japan. Så kan vi skifte det ud med et nyt skriftsted hver uge?" Af et stykke glas fra et drivhus, der havde stået i haven, og af nogle stykker brædder, fik vi lavet en kasse med en låge som bagbeklædning, der var sat på med hængsler for neden, så den kan åbnes. To lodrette metalskinner på lågen kan holde en finerplade på plads. På denne finerplade kan der så fastsættes en planche med et skriftsted på, og den kan så skiftes ud hver uge. Det blev Mercis opgave, at finde egnede skriftsteder og at skrive dem. Skiltet har nu stået der siden 2003, og selv om mange er gået forbi, uden at se det, har der også været mange, der er standset op og har læst "ugens ord".

Mercis onkel, Richard Jønsson, der var gift med Mercis moster, Jenny; var meget interesseret i vort missions-arbejde i Japan, og derfor havde vi megen kontakt med ham, også efter han var blevet alene. Vi inviterede ham til at besøge os i Næstved. Richard Jønsson var ældstebroder i Tabormenigheden i København, så længe den eksisterede. Samtidigt holdt han møder i et hjem i Ringsted. Da han på grund af alder ikke kunne køre bil mere, var der en broder i menigheden, Henning Næsager, der kørte for ham, og da Richard Jønsson ikke kunne magte at være med på møderne, overtog Henning Næsager ledelsen. Som nævnt, så inviterede vi Richard Jønsson til at besøge os, og for at han kunne få kørelejlighed, inviterede vi også Henning Næsager og hans hustru, Sonja, med. Under samtalen kom Næsager ind på at tale om deres møder i Ringsted. Han inviterede os med til deres næste møde samtidig med, at han bad os sige noget på mødet. Det blev til et vedvarende samarbejde, som fortsætter endnu. Når vi leder mødet, bestemmer vi også, hvilke sange der skal synges, og det er ikke altid, at den dame, der plejer at spille guitar til sangene, kan huske melodien, eller måske kender hun den ikke, så bliver det overladt til Merci at spille guitar. Men ligesom i Kanazu, har hun svært ved at læse teksten i sangbogen, mens hun spiller, og hun har også brug for, at der er skrevet akkorder sammen med teksten. Det klarer hun også her ved at skrive alle de sange, hun kender, af i en samlemappe.

Vore venner i Kanazu skrev af og til breve til os, og de endte gerne med: "Kommer I ikke over at besøge os".

Selv om jeg ikke troede på, at vi skulle få penge til at rejse til Japan for, så lykkedes det for os i 2005, at tage en tur derover. Vi fik lov til at bo i vores gamle lejlighed i Kanazu. Da der var lagt en række møder til rette for os i de forskellige menigheder, fik vi anledning til at besøge nogle af de menigheder, der er i Ishikawa-ken og Fukui-ken. Vi regnede så med, at det var vor sidste tur til Japan.

Bodil afsluttede sin eksamen på bibelskolen i Belgien, og Merci og jeg kørte derned sammen med vore to andre døtre for at hente hende og for at være med ved dimissionen. Bodils tanker var jo snarest muligt at komme til Japan, så hun tog derover på turistvisa for at sondere mulighederne for at komme i gang med den missionsgerning, som hun var kaldet til. Hun fik lov til at bo i pinsemenighedernes ungdomslejr i Mikuni, og så rejste hun ind til Fukui, hvor hun fik lov til at hjælpe de norske missionærer i deres café, og på den måde at lære lidt om, hvordan man driver en café med henblik på at kontakte folk og få dem med på møder og dermed lede dem til troen på Jesus. Da hun kom hjem, måtte hun have kontakt med nogle menigheder, for at blive sendt ud. For som jeg tidligere har nævnt, så er det ikke nok at have kald, der skal også være en menighed, der har kald til at sende en ud.

Det, at Bodil kunne bo i lejren i Mikuni, fik os til at tænke: "Det kunne vi også gøre". I sommeren 2008 tog vi så endnu engang til Japan. Vi nød, at komme ud til de kendte steder. Bodil gav os en opgave. Hun kunne på sin computer se, hvor i Kanazawa der var en café eller en sal til leje, og så sende et kort over byområdet ud til os, så vi kunne se på stedet, om det kunne bruges. Det gav os anledning til at køre til Kanazawa, som var den by, hvor Bodil havde været på universitet, og som hun havde i tanke at gøre til sit arbejdsfelt. Vi fandt dog ikke noget egnet sted; men vi havde en hyggelig tur i byens park, som jeg tidligere har fortalt om. En ting fik vi dog ordnet for hende. Vi besøgte vores gamle ven; Kawakami, i hvis hus vi boede i, da vi flyttede fra sprogskolen ned til Fukui ken. Under samtalen med ham fortalte vi om Bodils planer om at komme til Japan, og vi fortalte også om, at hun manglede et sted at bo, indtil hun fandt et sted, som hun kunne bruge som café og mødelokale. Det endte med, at Kawakami lod Bodil bo i sit hus i Maruoka, der ikke havde været beboet, siden vi boede der.

Da vi var kommet tilbage til Danmark igen, havde vi en speciel tid, hvor Bodil havde møder i forskellige menigheder rundt om i landet. Da hun ikke selv havde bil, kørte vi med hende til disse møder, mest for at være så meget sammen med hende som muligt. Hun skulle jo snart rejse fra os. Hun rejste til Japan i foråret 2009.

Mens hun boede i lejren i Mikuni, havde hun haft kontakt med et ægtepar, Ingarashi, der bor i Hakusan-Shi en forstad til Kanazawa. Ingarashi er pensioneret lærer, og han og hans hustru er begyndt et socialt arbejde, hvor de skaffer arbejde til nogle mennesker, der har svært ved at klare arbejdspresset på en almindelig arbejdsplads, f. eks. på grund af et lettere handicap. De har f. eks. et lille bageri, hvor de bager brød til små restaurationer. De har også en lille menighed i deres hjem, hvor de holder evangeliske møder. Ingarashi var meget hjælpsom med at køre Bodil rundt i Kanazawa for at se på et sted, hvor hun kunne have sin café, og det lykkedes da også at finde et egnet hus, endda i det område, der passede bedst til formålet. Stedet er i området lige nedenfor den bakke, hvor universitetet, hvor Bodil tidligere havde studeret, ligger. Huset, som Bodil fik lejet, ligger mellem bygninger, hvor der er kollegielejligheder. Det bestod af et stort rum på ca. 300 m^2, og over den ene ende af bygningen var der to etager, hvor der på 2. etage var et lille værelse med køkken, hvor Bodil kunne bo. Hun kunne overtage huset den 15. september 2009, og derefter ville der være et stort reparations- og ombygningsarbejde. Hvordan virkede det på hendes mor? Hendes reaktion var: "Vi må over at hjælpe Bodil".

Nogle dage før den 15. ankom vi så til Japan, hvor vi boede sammen med Bodil i Maruoka. Den 15. september kørte vi til Kanazawa og så på lokaliteterne. Vi gik straks i gang med rengøring og istandsættelse af den lille lejlighed, sådan at Bodil kunne bo der. Merci gik i gang med rengøring, hvad der var stort behov for. Bodil og jeg gik i gang med reparation - og malerarbejde. Snart var det sådan, at vi kunne flytte de ting, der var opbevaret fra vores tid i Japan, og som Bodil kunne bruge, til det sted, som skulle blive til café Hope House.

I to måneder arbejdede vi på istandsættelse og opsætning af skillevægge. I den tid stod Merci for maden. Hun fandt ud af, at hun kunne gå til supermarkedet, der ligger på den anden side af floden, som løber midt i dalen, hvor Hope House ligger. Der er en gangbro over floden, og i forbindelse med den er der en tunnel under en meget trafikeret hovedvej. Denne tunnel skulle hun gå igennem for at komme over til supermarkedet. Hvis hun trak en cykel, kunne hun handle og læsse varerne på den, så Bodil og jeg kunne blive ved vort arbejde. Der var en ting mere, som Merci kunne gøre. Der skulle syes forklæder og duge til caféen. Det første større møde var fastlagt til den 22. november, og da var Hope House klar til at åbne. Men dagen før den 22. var datoen på vores returbillet, så vi måtte endnu engang sige farvel til Japan. Vi har et dejligt hjem her i Danmark, og dog går vore tanker ofte til Japan, selv om vi der har måttet leve meget primitivt.

En dag modtog vi et brev fra en ældre dame, Lillian Lundbæk. Hun havde været ved at rydde op i sine gamle ting, og deri fandt hun i menighedsbladene, Maran Ata og Korsets Evangelium nogle breve fra kinamissionær Ketty Nielsen, Mercis mor. Den ældre dame, der havde fulgt med i, hvordan det var gået Merci, tænkte, at disse artikler sikkert ville interessere Merci, og sendte dem til hende. I et medfølgende brev fortalte hun, at hun også havde sendt noget til "Lokalhistorisk Arkiv" i Korsør. Det gav os den tanke, at besøge arkivet for at se, om de havde mere litteratur om Ketty. Det var dér, at damen, der passede arkivet, sagde: "Hvad mon der er blevet af den lille pige?", og Merci kunne sige: "Den lille pige, det er mig." Vi havde også nogle gamle breve, som Mercis far havde efterladt sig, så jeg fik den ide at samle alt det, vi kunne finde om Mercis mor i en lille bog, som jeg nu har fået udgivet.

Selv om Merci og jeg ofte har vore tanker i Japan hos Bodil, så har vi også to døtre, der bor i Faxe, og de ønsker at virke her i Danmark på samme måde, som Bodil gør i Japan.

De havde længe set efter et hus, hvor de kunne have evangeliske møder, bibelklub for børn og kursusvirksomhed samt have en lille butik, hvor de kunne sælge kristent litteratur og hobbyting. Det lykkedes for dem at købe et hus, der passede til formålet. Det skulle dog først istandsættes, hvad de straks gik i gang med. Når jeg tager det med i en bog om Merci, så er det, fordi Merci også her sørgede for maden, imens jeg hjalp pigerne med arbejdet.

Samtidig var der sket noget i Japan. Bodil var blevet forlovet med en japaner, Shiro Nakabayashi, og så skulle der holdes bryllup, men hvor skulle brylluppet være? I Japan eller i Danmark? Det endte med, at der blev enighed om, at der blev holdt bryllup i Japan og efterbryllup i Danmark. Nu kom der en tid med planlægning. Hvor skulle efterbryllupet holdes? Hvem skulle inviteres med? Hvordan skulle bordene stå, og hvordan skulle gæsterne placeres? Hvilken farve lys skulle der være? Har vi duge, der passer i farven til lysene? Hvordan får vi service? Skal det købes eller lejes? Hvordan skal bordkortene være? Hvordan skal servietterne foldes? At der skulle være så store problemer, som Merci gjorde det til, kunne jeg ikke forstå, men bagefter kunne jeg jo nok se, at det hele blev meget mere festligt, end det var blevet, hvis jeg skulle have stået for det. Men først skulle vi jo til bryllup i Japan.

Merci og jeg rejste så sammen med Annette og Joan til Kanazawa i Japan, hvor Annette og Joan blev indkvarteret hos Bodil i Hope House, og Merci og jeg skulle bo i de unges nye hjem i bydelen Ishibiki.

Da salen i Hope House ikke var stor nok til at rumme de mange gæster, der var inviteret til brylluppet, havde de lejet baptisternes kirke, der foruden et stort kirkerum også havde en tilstødende festsal, hvor der med mange frivilliges hjælp, blev holdt en stor fest for dem. Men først var der jo vielsen, hvor jeg fik lov til både at holde bryllupstalen og at vie det unge par. Der kunne Merci bare være gæst; men der ventede et stort arrangement 3-4 dage efter, vi vendte tilbage til Danmark. Også efterbrylluppet blev festligt. Shiros forældre og to søskende kom til Danmark og var med ved festen, hvor de fik anledning til at møde Bodils familie og venner. Efter brylluppet fik Shiros familie anledning til at se nogle af Danmarks seværdigheder, så de fik et lille indtryk af det land, som Bodil kom fra.

Så gik sommeren, og som tidligere nævnt gik Annette og Joan i gang med at pudse deres hus op. Det var jo rart for dem, at de kunne blive ved arbejdet, ved at deres mor ved spisetid havde maden klar til dem. Merci var nu 76 år, men stadig så "frisk", at hun kunne give en hånd med i huset. Merci havde på det tidspunkt fået en ny hobby. Hun lavede kort af teposer. De forskellige kulørte poser, som tebrevene ligger i, kan foldes på forskellige måder, så der bliver flotte mønstre, og så kan det limes på et stykke karton på størrelse med et brevkort. For Merci, med hendes sans for farvesammensætning, blev det til mange forskellige kort.

Sidst på sommeren begyndte Bodil at tale om, at hun var dårlig om morgenen, og hun havde besvær med at komme i gang. Hvad var Mercis første tanke i sådan en situation? "Vi må over at hjælpe Bodil". Der var ikke langt fra tanke til handling. Snart sad vi igen i en flyvemaskine på vej til Japan. Det gik dog ikke helt så godt denne gang. Merci blev syg om morgenen umiddelbart før ankomsten til Kansai lufthavn. Hun måtte have lægehjælp, og en sygebil holdt og ventede på hende på lufthavnen, da vi landede. Personalet på lufthavnen viste, at de også i sådan en situation var i stand til hjælpe. Der kom en række mænd ind i flyet. Nogle af dem tog vor håndbagage, en anden fik vores billetter med anvisninger på vores kufferter, en fik vores emigrationspapirer og tolddeklarationer og vore pas. Så blev Merci på en båre båret ud i ambulancen, der holdt nedenfor trappen. Jeg kunne bare tage med til hospitalet. En stewardesse blev sendt med os, og hun blev hos mig, til jeg kunne følge med tilbage til lufthavnen igen. Her hentede hun vore pas, der var blevet stemplet og vedhæftet opholdstilladelse, og hun fik kufferterne til mig. Merci blev udskrevet fra hospitalet samme aften, og vi blev hentet af Bodil, så vi kom trods alt godt til Kanazawa. Så var vi tilbage i den lille lejlighed over Hope House, og klar til at give Bodil den hjælp, som vi var kommet for. Merci tog sig af rengøringen af cafeen om formiddagen, så Bodil kunne tage det lidt med ro, og to eftermiddage om ugen tilbød Merci at undervise de kunder, der ønskede det, i foldning af teposer til kort. Da Merci blev syg på rejsen, blev vi enige om, at det nu var sidste gang, at vi var i Japan; men da der var gået et par uger, og Merci var helt ovre sit ildebefindende, så vendte tanken tilbage til Bodils situation. Ville hun ikke få brug for sin mors hjælp, når barnet ankom? Og snart var tanken om endnu en tur til Japan fremme igen.   Det blev kun til et kort ophold i Danmark. Den 14. februar 2012 sad vi igen i en flyvemaskine på vej til Japan. Den 15. februar ankom vi til Komatsu Lufthavn, det er den lufthavn, der ligger nærmest Kanazawa. Der blev vi modtaget af Bodil og vores svigersøns forældre, samt nogle venner fra vores menighed i Kanazu. Vi regnede med, at vi var taget til Japan i god tid, da lægen mente, at barnet ville ankomme den 27. februar.

Vi oplevede lige netop vinterens sidste kulde og sne, men så var der jo også brug for en håndsrækning med at rydde parkeringspladsen for sne. En uge efter vor ankomst blev vi vækket kl. 5 om morgenen af Bodil, der var på vej til klinikken. Samme eftermiddag blev vort første barnebarn født. En dreng, som vi ventede ifølge skanningen. Det var den 21. februar, som også kan skrives som 21.02.2012, en speciel dato, da den er ens lige meget om den læses forfra eller bagfra.

Nu har Merci i ca. 3 mdr. været barnepige, og da hun den 9. marts blev 77 år, kunne hun fejre sin fødselsdag i Japan med sit første barnebarn på skødet. Mens hun gav ham mad fra sutteflasken, kom de gamle småbørnssange frem igen. Hun kan nu se tilbage på et langt liv, der har været rigt på begivenheder. Hvordan fremtiden bliver, er der ingen, der ved; men én ting er lovet hende: "En evighed sammen med Jesus".

*Merci med sit første
barnebarn, Eichi.*